새빨간 당근 판타지 장편소설
FANTASY STORY & ADVENTURE

# 붉은 여제

dream
books
드림북스

# 붉은 여제 5 -완결-

초판 1쇄 인쇄 / 2015년 7월 24일
초판 1쇄 발행 / 2015년 7월 31일

지은이 / 새빨간 당근

발행인 / 오영배
책임편집 / 편집부
펴낸 곳 / (주)삼양출판사 · 드림북스

주소 / 서울시 강북구 도봉로 173
대표 전화 / 02-980-2112  팩스 / 02-983-0660
편집부 전화 / 02-980-2116  팩스 / 02-983-8201
블로그 / blog.naver.com/dreambookss

등록번호 / 제9-00046호
등록일자 / 1999년 3월 11일

ISBN 979-11-313-0374-0 (04810) / 979-11-313-0204-0 (세트)

* 지은이와 협의하에 인지는 생략합니다.
* 잘못된 책은 구입한 곳에서 바꾸어 드립니다.

이 도서의 국립중앙도서관 출판시도서목록(CIP)은 서지정보유통지원시스템홈페이지
(http://seoji.nl.go.kr)와 국가자료공동목록시스템(http://www.nl.go.kr/kolisnet)에서
이용하실 수 있습니다. (CIP제어번호: 2015020129)

새빨간 당근 판타지 장편소설

FANTASY STORY & ADVENTURE

# 붉은여제

5

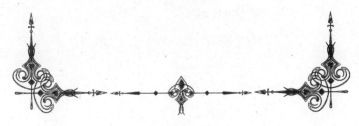

dream
books
드림북스

# 목차

붉은여제

제1장

왕제 전쟁 I

『역사에 기재되는 명칭은 국가마다 서로 다른 점이 많았다. 언어나 문화적인 측면에서 생긴 차이였다. 특히 전쟁이란 한쪽에게는 영광을, 다른 한쪽에게는 수치로 남을 수 있었기에 더욱 그랬다. 루티아르 왕국은 왕제 전쟁이라고 불렀고, 다이헤르 제국은 제왕 전쟁이라고 표기한 그 전쟁도 그랬다.』

　　루티아르 왕국 북부 국경선을 아우르는 아리할 대평원에서는 30만에 육박하는 대군이 대치하고 있었다.

　　이후로 어떤 전투가 계속 이어질지언정, 이곳에서의 승패가 사실상 루티아르 왕국의 국운을 결정할 것이란 건 분명했다.

　　아리할 대평원 전투는 엎치락뒤치락하는 난전의 장이었다. 양측은 대규모 병단을 꾸려서 공수를 수시로 전환했다. 하루에도 적게는 수십 명, 많게는 수천 명에 달하는 사상자가 나왔다.

하루는 마법병단이 나서서 대규모 마법을 펼치는 대전이 벌어졌다. 공격마법과 방어마법으로 구성된 속성마법들이 빗발쳐서 사상자가 많았다. 거대한 불덩어리가 병사들에게 떨어지기라도 하면 수백 명의 사상자 정돈 우습게 나왔다.

이튿날에도 강력한 화력싸움이 이어졌다. 화승총과 대포, 그리고 양국이 자랑하는 장갑기들이 나서서 전투를 펼쳤다. 서로 기선제압을 위해 앞 다퉈 핵심 전력을 운용한 것이다.

하지만 대포와 같은 화기들이나 마법사들은 그 수가 매우 적었다. 최대한 아껴서 적재적소에 운용할 필요가 있었다. 그러다 보니 거의 대부분의 전투는 기병과 보병으로 이루어진 직접격돌로 구성되었다.

백병전에서는 전략과 전술, 그리고 사기가 중요했다. 물론 이례적으로 주변을 압도하는 용맹으로 돌파구를 마련하기도 했다.

"졸개들은 비켜라!"

거친 창질이 계속됐다.

"흐리얍!"

한 번 휘두를 때마다 흩날리는 낙엽처럼 적군이 쓰러졌다.

선두에서 돌격부대를 이끌고 제국군을 유린하는 이 남자의 이름은 케터 어나드. 포르테 공작이 특별히 아끼는 젊은 혈기의 장수였다.

케터의 저돌적인 진군 앞에 제국군은 혼비백산이었다. 소부대 단위로 뭉쳐서 케터의 노도와 같은 진격을 막으려 애썼지만 역부족이었다.

"뭐 저런 괴물 같은 놈이……? 제길! 맞서 싸워라!"

제국군 백인장이 열변을 토하며 병사들을 지휘했다.

그때 정면으로 케터가 치고 들어왔다.

"우선 한 놈!"

"커억!"

"다음 놈은 어디냐!"

소부대를 운용하는 백인장에서 오백인장까지의 지휘관들이 목표였다. 어차피 별동대 성향의 돌격부대로 아우를 수 있는 규모의 전장은 아니었다. 케터는 지휘 깃발을 쫓아 적장들을 도륙한 뒤, 위풍당당하게 본영으로 복귀했다.

이튿날도 전황은 크게 바뀌지 않았다.

제국군은 케터의 돌격부대를 막아 내기가 버거웠다. 제국군에서도 뛰어난 맹장들이 케터에게 입은 피해를 만회하려고 노력했으나 좀처럼 진전이 없었다. 케터의 종횡무진을 지켜보며 로우는 승세가 기울었다고 판단했다.

다른 귀족 지휘관들도 로우보다 더하면 더했지 못하지 않았다. 이미 그들은 케터의 활약에 잔치 분위기였다.

"포르테 공작님, 승패는 확연하군요. 케터 어나드와 같은 맹장은 어디서 찾으신 겁니까? 정말 대단한 사내입니다."

"때로 잘 정제된 보석보다 거칠게 굴려진 자연의 보석이 빛을 발하는 법. 케터는 자유접경지대 프리가든 출신의 전사입니다."

"프리가든 출신이라. 과연 포르테 공작님의 안목은 엄청나십니다."

"하하하, 과찬입니다. 그나저나 이대로 전쟁의 흐름이 완전히 우리 쪽으로 넘어오면 좋겠는데. 군신이라고 칭해지는 라우 제노스도 그리 호락호락하진 않겠지요."

확실히 어제와는 조금 달랐다.

제국군의 움직임이 기묘한 형태를 보였다. 오백인장들의 진두지휘 하에 마치 회오리를 연상케 하듯 빙빙 돌기 시작했다. 흡사 혼선을 빚는 듯한 부대 운용에 케터의 지휘관급 사냥은 난항에 직면했다.

"잔머리를 굴리다니! 괘념치 말고 돌진해라!"

케터 부대는 거침없이 졸병 유린을 계속해나갔다. 지휘

관급을 노리지 못하더라도 적군의 사기를 낮추는 효과만으로도 충분했다.

그러나 제국군의 변화는 단순히 지휘관급을 지키는 데만 있지 않았다. 빙빙 도는가 싶더니 각 소부대의 앞머리가 그대로 케터 부대의 허리와 꼬리를 집중공격했다. 케터 부대는 공격하는 입장에서 졸지에 공격당하는 입장으로 변해 버렸다.

"젠장! 당했구나! 모두 전선 이탈에 집중해라!"

케터는 병력의 방향을 돌려 그대로 전장을 빠져나갈 셈이었다. 하지만 전황이 뒤틀린 시점에서 후퇴란 선택지는 녹록치 않았다. 그나마 그의 상상을 초월하는 돌파력이 있었기에망정이지, 그렇지 않았다면 오늘 그는 전사하거나 사로잡혔을 것이다.

수족과도 같은 정예 병력을 잃고 돌아온 케터는 온몸이 만신창이었다. 제대로 몸을 가누기도 힘들었다. 그는 패전의 죄를 외치며 죽여 달라고 호소했다.

"제가 자만에 빠져 소중한 병사들을 잃었습니다! 죽여주십시오!"

"됐다. 10만 단위의 전쟁은 너 또한 처음일 터. 아직 넘어야 할 산이 많다. 몸을 추스르고 전장에 복귀하도록."

메인 목으로 겨우 대답한 케터는 땅바닥에 무릎을 꿇었다. 그는 자신의 잘못된 판단으로 의미 없이 죽어간 부하들을 애도했다. 로우를 비롯한 귀족 지휘관들이 자리를 물린 뒤에도 케터는 일어나지 않았다. 그렇게 아침까지 있었다.

누구도 그가 밤을 지새울 줄 몰랐다. 자기가 맡은 구역만 순찰하느라 병사들조차 아침이 돼서야 알았다. 새벽 무렵, 아직 동이 트기 전 시각이었다. 무릎을 꿇은 채 고뇌하고 있었던 케터를 가장 먼저 발견한 건 로우도 지나가던 병사도 아니었다.

"어째서 그렇게까지 하는 거요?"

가벼운 걸음이었다.

케터는 슥 눈동자를 떴다. 그러나 상대를 돌아보진 않았다.

상대는 케터의 옆에서 멈춰 섰다. 갑옷을 걸치지 않았는지 철이 흔들리는 소리도 없었다. 이 피비린내 나는 전쟁터에서 갑주를 입지 않은 인물이 존재한다는 게 의아했다. 케터는 짐짓 그윽한 눈길로 상대를 돌아봤다.

"누구냐?"

"이름은 르나이아가. 소속은 글쎄, 왕비파라고 하면 되려나."

"그럼 적은 아닌 거로군. 하기야 이 본영의 중심지까지 적병이 마음대로 드나들 순 없겠지."

케터는 무기를 쥐려던 손길을 거두었다. 뭐 그게 아니더라도 당장 자리에서 일어나기도 힘들었다. 밤새 꿇고 있던 다리는 감각이 사라져 마음대로 움직이질 않았다. 만일 상대가 제법 실력 있는 암살자였다면 죽음을 면치 못했으리라고 생각했다.

겨우 일어나려다가 이내 케터는 다리에 힘이 풀려서 주저앉고 말았다.

르나이아가가 고개를 갸웃했다.

"형씨, 좀 쉬라고. 몇 시간을 그렇게 앉아 있었잖아. 나라도 그리 무리하다간 다리가 제 상태가 아닐 것 같은데."

"날이 밝으면 다시 전투가 이어진다. 내가 자리를 비우면 적군의 기세가 올라 버려. 내 그 꼴은 볼 수 없다."

"하여간 미련한 형씨구만."

르나이아가는 슥 다가가 어깨를 내밀었다.

부축을 받으라는 건 줄 알고 케터가 경계를 내리자, 이때다 하고 르나이아가가 케터의 뒷목을 후려쳤다.

"이, 이⋯⋯."

케터는 힘없이 정신을 잃었다.

그리고 한참이 지났다. 뒤늦게 소식을 들은 로우가 군의관들을 보내서 케터의 상처와 건강을 치료케 했다. 내색이 없어서 눈치 채지 못하고 있었지만 가벼운 부상이 아니었다.

막사 안에서 눈을 뜬 케터는 몸을 덮고 있는 모포와, 머리를 받치고 있는 베개에 정신이 번쩍 들었다.

침상 옆에 의자를 놔두고 앉아 있었던 르나이아가가 일어났냐며 농을 날렸다. 그 천연덕스러운 멱살을 움켜쥐며 케터가 성을 냈다.

"네놈! 대체 이게 무슨 짓이냐!"

"환자는 쉬어야지. 포르테 공작도 나랑 안면이 더러 있는 사람이라, 네가 엉뚱한 짓을 저지르지 못하도록 옆에서 지켜 주라더군. 모시는 대장한테 제법 신용을 받고 있더라고, 형씨도."

"하. 환자라고? 난 아직 이렇게 펄펄…… 크윽."

케터는 흉부에 통증을 느끼며 도로 침상에 누웠다. 숨을 몇 번 거칠게 몰아쉬더니 이내 나아졌는지 다시 멱살을 잡으려고 했다.

물론 그대로 잡혀줄 르나이아가가 아니었다.

르나이아가는 자리에서 일어나선 나 잡아보라는 듯 놀려댔다.

화가 잔뜩 오른 케터가 주먹을 불끈 쥐었으나 역시 몸이 말을 듣지 않았다. 그저 도끼눈으로 르나이아가를 노려보는 것 외엔 할 수 있는 게 없었다.

"제길…… 내가 이깟 부상 때문에……."

"얼마간은 그냥 쉬는 게 좋지 않겠어?"

"네깟 놈이 뭘 안다고 함부로 지껄이는 것이냐."

"그러게. 싸움은 많이 해봤지만 나도 전쟁이란 건 잘 모르지. 그래도 다 죽어가는 몸으로 불나방처럼 뛰어드는 게 전쟁은 아니잖아?"

무표정하게 잘도 지껄였다. 그런 르나이아가의 태도를 보자니, 케터는 당장에라도 르나이아가의 얼굴에 주먹을 꽂아주고 싶었다.

젖 먹던 힘까지 짜내서 움켜쥔 주먹을 그대로 르나이아가 쪽으로 휘두르려다가 침상에서 떨어져 바닥에 고꾸라졌다. 당연히 주먹은 허공만 휘젓고 르나이아가에게 닿지 못했다.

"끄으……."

"어지간히 자존심이 세구만."

"제길…… 제길……."

"쉴 땐 좀 쉬라고."

르나이아가는 케터의 뒷목에 살짝 충격을 주었다.

정신을 잃은 케터가 다시 눈을 뜬 건 몇 시간이 지나서였다. 어느새 해가 지고 개전 5일째의 전투도 막을 내렸다.

겨우 눈을 뜬 케터는 군의관을 붙잡고 르나이아가는 어디 있냐고 성을 냈다. 그놈을 두들겨 패지 않고선 분이 가시지 않는다며 얼굴이 붉으락푸르락했다. 그때 르나이아가가 막사로 들어왔다.

"하여간 정신만 들면 기세가 넘치시는구만."

"이 자식! 끄으……."

"군의관은 그만 가보쇼."

르나이아가는 군의관을 뒤로하고 의자에 앉았다. 그는 침상에 널브러져 고통을 호소하는 케터의 모습을 지그시 쳐다봤다.

"전쟁의 승리를 바라는 마음이 형씨를 움직이는 거야? 아니면 단순히 나에 대한 울분이 멋대로 날뛰는 건가?"

"……."

"오늘 전투는 우리 측의 대패였다더군. 아니, 정정. 대패까진 아니고 수세에 몰렸다고 하더라고. 제국 녀석들이 기세가 엄청 올랐다고 귀족 지휘관들이 난리도 아니더라."

"……그래서 내가 가야 한다."

"아서라. 형씨 혼자서 100명은 이길 수 있어? 더욱이 그런 몸 상태로는 나 하나도 이기지 못할걸. 아, 정정. 제대로 싸워도 나한테는 질 듯."

케터가 눈을 부릅뜨고 르나이아가를 노려봤다. 얼굴이 홍당무처럼 빨개져선 씩씩거리는 게 르나이아가가 보기엔 아주 장관이었다.

"형씨는 진정하는 법부터 배워야겠어."

"네깟 놈이 뭘 안다고 계속 지껄이는 거냐……."

"포르테 공작에게서 얼추 들었어. 형씨의 사연도, 이번 전쟁에 임하는 각오도. 내가 나름 그 양반과 친분이 있는 사이거든. 그러니 형씨가 무리하지 않도록 이렇게 감시하고 있는 거고."

케터는 뭔 개소리냐는 얼굴이었다. 당장 내 몸만 정상이면 네깟 놈 따위 한 방에 보내버릴 수 있다는 의지가 물씬 풍겼다. 르나이아가가 케터의 뒷목을 툭 쳐서 잠재우는 순간까지.

다시 억지로 꿈나라에 빠져든 케터를 뒤로하고 르나이아가는 쭉 기지개를 켰다.

"슬슬 내 임무를 제대로 수행하러 가 볼까."

그리 말하고 빙그레 미소 지었다.

개전 5일째의 전투를 마친 루티아르 왕국군에게는 뭔가 새로운 변화가 필요한 시점이었다. 지난 낮의 전투만 봐도 그랬다. 제국군의 내로라하는 돌격대장들이 이때를 노리자 며 기세를 올리고 있었다.

*     *     *

로우는 중앙막사로 지휘관들을 불러 모았다. 케터가 높 여놨던 사기가 그의 부재로 침전된 것은, 비단 병사들만 그 런 게 아니었다.

군을 통솔하는 고위귀족들은 대개 의지가 한풀 꺾여 있 었다. 이번과 같은 대규모 전쟁을 처음 겪어보는 인물이 태 반이었다.

대개 기죽은 강아지마냥 약한 소리만 늘어놓았다.

"제국군의 용맹이 흡사 사나운 맹수와 같습니다. 그에 비해 우리 군세는 점점 꺾여가고 있으니……."

"뭔가 색다른 반전이 필요합니다만…… 역시 쉽지 않은 일입니다."

귀족 지휘관들의 생각이 이런 쪽으로만 한결같으니 로우 는 속이 타는 것을 한숨으로 표현할 따름이었다.

"하아. 역시 케터가 없이는 역부족인 것인가……."

그저 시간을 죽치듯 회의라는 틀에 맞춰 이야기를 주고 받고 있을 무렵. 막사 밖에서 누군가의 목소리가 호쾌하게 들려왔다.

"루티아르에는 겁쟁이들만 모여 있나 보구나! 나 제국의 호랑이 얀볼안 님께서 행차하셨는데 아무도 마중을 나와 주지 않으니 말이다! 크하하!"

"어떤 미친놈이 감히!"

로우가 울컥하여 막사 밖으로 뛰쳐나갔다.

얀볼안이라는 적장과 그를 따르는 100여 명의 병졸들이 평원 언덕배기에서 득의양양하게 루티아르 진영을 놀려대고 있었다.

"저런 당치도 않은 놈을 봤는가! 누가 나가 저놈의 목을 따오시오!"

그러나 선뜻 나서는 이가 없었다.

로우는 입술을 질끈 깨물었다.

"내가 직접 나가서 저 건방진 놈의 목을 따오겠다! 말을 준비해라!"

로우도 한다면 하는 남자였다. 총사령관의 입장을 떠나 그의 무예도 보통 수준이 아니었다. 진심으로 그는 얀볼안의 목을 꺾어서라도 아군의 사기를 드높일 생각이었다.

잔뜩 성이 난 로우가 군사를 이끌고 나가려는 찰나. 르나이아가 로우의 앞길을 막아섰다.

"단체전은 자신이 없지만 일대일이라면 이길 자신이 있으니 내게 맡기쇼. 총대장이 나서기엔 모양이 빠지잖아."

틀린 말이 아니었다. 총사령관이 멋대로 나가서 일기토를 하는 건 정상적이지 않았다. 로우는 르나이아가에게 기회를 주기로 했다. 르나이아가를 모르는 귀족 지휘관들이 반대했지만 로우의 뜻을 꺾진 못했다.

로우는 진즉에 르나이아가의 실력을 인정하는 입장이었다. 에티로카전이나 에단 키라트를 쓰러트렸다는 이야기를 듣고 확신했다. 메를리니 왕비가 이자를 붙여 준다고 했을 때도 충분히 써먹을 수 있으리라 판단했다. 지금이 그 순간이었다.

"그럼 가 보실까."

르나이아가는 말도 타지 않고 나아갔다. 어울리지 않게 장검 한 자루도 들고 있었다. 그러나 갑옷조차 입지 않은 그의 행색 때문에 곧바로 일기토가 성사되진 않았다.

얀볼안 대신 그의 부하들이 르나이아가에게 덤벼들었다.

"꼭 이렇다니깐."

르나이아가는 검을 다잡았다.

부드럽게 울리는 칼 울림 속에 제국군의 병사들이 차례차례 쓰러져 갔다. 더 놀라운 것은 정말 딱 적당히 죽지만 않을 정도로 쓰러트렸단 사실이었다. 그야말로 압도적인 실력 차에서 비롯되어지는 여유였다.

한껏 여유로운 자태를 내보이며 제국군 사이를 마구 휘저어줬다. 마냥 두고만 볼 수 없었던 얀볼안이 창을 내질러 공격하기 전까지.

챙—!

강렬한 쇳소리와 함께 르나이아가의 검과 얀볼안의 창이 교차했다.

"휘오. 방금 그 찌르기라면 이르에의 창술과 겨루어도 손색이 없겠군. 아직 세상은 넓구만."

"세상타령이라니. 이상한 놈이지만 실력은 보통이 아니로군. 뭐하는 놈이냐?"

"종소리에 이끌려 찾아온 늑대라고나 할까."

"웃기지도 않는 놈이군. 하나 자신을 기사라고 칭하지 않는 그 모습은 인정해 줘야 하겠구나. 죄다 기사라고 우쭐대는 요즘 세상에선 정말 의외의 녀석이야."

얀볼안은 창을 무르고 말에서 내렸다. 상대가 말에 타고 있지 않기에 그에 맞춰 주어야 한다는 그 나름의 기사도였다. 물론 남은 병사들에게도 자리를 물리라고 명했다.

르나이아가가 고개를 갸우뚱했다.

"노파심에 묻는 건데. 설마 너 혼자 덤빌 생각이야? 어려울 텐데."

"크큭. 살다 살다 너 같은 놈은 처음 보는군. 이 얀볼안, 혼자 나온 적에게 수적 우세를 두고 임할 만큼 명예를 모르는 나부랭이가 아니다. 라우 제노스 재상님 밑에서 평생을 전쟁터를 누벼온 몸. 제대로 임한다면 당할 자는 없다고 자부한다."

"근데 어째서 케터 어나드가 나설 땐 제대로 나서지 못한 거야?"

"……크흡. 그래, 그건 인정한다. 그놈에게 뒤처졌다는 건 사실이니까."

"보기보다 대인배네. 싸울 맛 나겠어."

르나이아가는 검을 꽉 쥐고 자세를 가다듬었다. 카이트에게 배운 지 얼마 안 된 터라, 완벽한 자세를 내진 못했지만 그 부족함을 경이적인 신체조건으로 보완하는 방식이었다.

한순간, 르나이아가의 몸이 얀볼안의 바로 앞까지 다다랐다. 검이 일으키는 풍압에 얀볼안의 앞머리가 휘날렸다.

검신이 일으킨 바람 소리가 주변을 날카롭게 울렸다.

"이놈! 역시 만만찮구나! 좋다!"

얀볼안은 순식간에 자세를 가다듬고는 창을 찔러 넣었다. 두 사람은 서로 공방을 엇갈리게 나누며 자웅을 겨루었다.

양 진영에서도 멍하니 두 강자의 싸움에 집중했다. 개전 6일째의 승기를 잡는 건 누구일지, 모두가 간절한 마음으로 지켜봤다.

"이야. 진짜 제법이구만."

"내가 하고 싶은 말이다. 솔직히 놀랍군. 외견으로 보아 나이도 젊어 보이거늘. 더욱이 갑옷조차 걸치지 않은 모습으로 말이지."

섬직한 공방이 계속됐다. 처음에는 분명 그렇게 보였고, 또 실제로 그랬다. 그러나 차츰 시간이 지날수록 뭔가 틈이 보이기 시작했다.

"후우. 쉽지 않은 걸."

갑옷을 입지 않은 게 화근이었다. 아니, 르나이아가의 검술이 한계였다. 배운 지 얼마 안 된 기본 중의 기본을 펼치는 게 고작이었으니 당연했다. 슬슬 한쪽이 공격해오면 다른 한쪽은 방어에만 치중해야 하는 싸움으로 번져갔다.

"이젠 힘에 부치나 보군. 뭐라 비난할 생각은 없다. 나

얀볼안, 강한 차에게는 경의를 표하는 남자다. 지금이라도 늦지 않았다. 패배를 인정하고 물러나면 목숨만은 살려 주겠다. 어차피 기사도를 중시하는 입장도 아니잖나."

"뭔 헛소리인지 모르겠군. 난 아직도 팔팔하다고!"

"그렇담 죽어라."

르나이아가가 격한 몸놀림에 따라 크게 검을 내지르자, 얀볼안은 간발의 차로 피해 내고는 그대로 창을 찔러 넣었다.

창날이 르나이아가의 왼쪽 어깨를 베고 지나갔다. 정말 신기에 가까운 반사 신경이 없었다면 어깨를 관통당할 뻔했다.

얀볼안이 놀랍다는 듯 휘파람을 불었다.

"대단한 몸놀림이다. 일순간 공수전환을 해서 검으로 내 창격을 막아 낸 것도 놀라운데, 몸을 비틀어 피해를 감소시키다니. 뭐 아쉽게도 창을 막다가 검을 놓쳐 버린 것 같다만. 검을 다시 주울 때까지 기다려 줄 용의는 있다."

"아니. 그럴 필요 없어. 나도 모르게 오기를 부리고 있었는데 덕분에 제정신을 차렸거든. 그 점에 감사한다."

"무슨 소리지?"

"검을 배운 지는 고작 두 달 됐다."

"……무슨?"

르나이아가는 긴 소매를 쭉 당겨 올렸다.

팔에서 마치 짐승의 것처럼 검은 털이 자라났다. 손톱은 마치 야수의 발톱처럼 기다랗게 뻗었다. 굵고 날카로워서 검에 부딪혀도 흠집 하나 안 날 것 같았다.

"원래는 이런 식의 전투를 즐겼지. 흔히 인간들은 격투라고 하더군."

"……수인인가?"

"아니. 그것과는 좀 달라. 자, 2차전 시작이다."

눈 깜짝할 순간이었다. 두 사람 사이의 간격이 단박에 좁혀졌다.

쇳소리가 공기를 쩌렁하고 울렸다. 얀볼안의 창과 르나이아가의 손톱이 난잡하면서도 철저히 상대의 숨통을 노리고 맞부딪쳤다.

"엄청난 녀석을 만난 행운에 감사하는 바다!"

"나야말로!"

필사의 일격이었다. 혼신을 다한 공방 끝에 치열했던 승부가 마무리로 접어들었다.

얀볼안의 창격이 르나이아가의 목을 살짝 스쳤다. 그리고 르나이아가의 손톱이 얀볼안의 복부를 인정 없이 파고들었다. 몸을 뚫고 나온 손톱에 붉은 피가 어렸다.

"하…… 멋진 공격이군……."

"그쪽도 만만치 않았어."

르나이아가는 얀볼안의 배에 꽂아 넣은 손톱을 쭉 뽑았다.

얀볼안은 복부에 전해지는 고통에 옅게 웃었다. 승부의 끈을 이대로 놓고 싶지는 않았지만 몸이 한계였다. 그래도 만족스러웠다. 상대는 그의 인생에 있어 손에 꼽을 만한 실력자였다.

"만족스러운 끝이다…… 어이, 네 이름은……?"

"르나이아가. 은랑 레비나스의 아들이다. 너는?"

"얀볼안 두르나크……."

얀볼안은 말을 맺지 못하고 땅바닥에 주저앉았다. 혼이 빠진 그의 몸이 쓰러지려는 걸 르나이아가가 받아주었다. 이미 숨을 거둔 뒤였다.

루티아르 왕국 진영에서 환호와 갈채가 쏟아졌다. 반면 다이헤르 제국 진영은 침울한 분위기였다. 얀볼안의 부하들도 일정 거리를 두고 있었다. 그들 모두 얀볼안의 죽음을 모욕하는 행위만큼은 하지 않았다.

얀볼안의 시신에 대한 처리는 어디까지나 정당한 승부에서 승리를 거머쥔 르나이아가의 것. 그래서 얀볼안의 부하들은 애간장이 탔다. 설사 대장을 죽인 자라도 지금 이 순간만큼은 함부로 대할 수 없었으니, 대장의 시신을 뺏을 수도 없었다.

르나이아가는 얀볼안의 시신을 가지런히 눕혀 주었다. 로우의 지시는 만약 적장을 쓰러트린다면 목을 베어서 가져오란 것이었다. 그래야만 아군의 사기를 드높일 수 있기 때문이었다.

"얀볼안 두르나크…… 난 말이지. 기사도란 건 잘 모르겠지만, 역시 이건 아닌 것 같아."

르나이아가의 손이 멈칫했다. 그는 고개를 가로저으며 얀볼안의 시신을 그 부하들에게 넘겨주었다.

귀족 지휘관들의 비난이 쏟아졌지만 르나이아가는 언제나 그렇듯 괘념치 않았다. 한 귀로 듣고 한 귀로 흘려보냈다. 어쨌든 르나이아가 덕분에 사기는 오를 대로 올랐다.

차후 전투에서 루티아르 왕국군은 한풀 꺾인 제국군을 압도했다. 사기도 사기였지만, 얀볼안의 부재도 컸다. 얀볼안을 비롯해 그의 직하부대가 빠지자 제국군의 돌파력이나 수비력이 전체적으로 뒤흔들렸다.

그나마 다른 맹장들이 균형의 추를 맞췄기에 생각보다 피해를 최소화할 수 있었다. 양측 모두 기세의 균형을 맞추니 사상자는 더욱 많았다. 수많은 무기가 피로 얼룩져 버린

6일째의 전장도 그렇게 끝이 났다.

엎치락뒤치락 소모전이 계속되는 가운데 양측은 뭔가 새로운 변화를 기다렸다. 내일이면 충분히 휴식을 취한 마법병단의 마법대전이 다시 벌어질 것이었다. 병사들은 인간을 지우개로 지워내듯 전멸시켜버리는 마법세례가 쏟아질 것에 바들바들 떨기도 했다.

그날 밤, 르나이아가는 공포에 질린 병사들을 돌아보며 미간을 찌푸렸다. 그도 개전 초기에 똑똑히 봤다. 양 국가에서 모아온 마법부대가 펼치는 지옥과도 같은 광경을.

르나이아가는 숨을 가다듬고 케터가 묵고 있는 막사로 들어섰다.

"여어, 케터 형씨. 잘 지내고 있었나."

"네놈이 언제 오시나 했다."

"이제 말할 기운은 좀 차렸나 보구만?"

르나이아가가 킥킥거리자, 케터가 발끈해서 베개를 집어 던졌다.

피하지 않고 일부러 맞아 주니 더욱 화가 났다. 이런 건 백 번이고 천 번이고 맞아도 안 아프다는 모양새였다.

"제길. 건방진 자식……."

"혹시 얀볼안 두르나크라고 알아? 기사도를 중시하는 남자였는데."

"하, 적장 하나 잡았다고 우쭐대는 꼴하고는. 펜홀 왕국을 공포에 몰아넣었던 얀볼안은 너 따위가 함부로 입에 올릴 사내가 아니다. 이 촐랑대는 자식아."

"그래서 목을 베진 않았어."

르나이아가의 표정이 사뭇 진지했다.

케터는 바닥에 침을 퉤 뱉었다.

"전에 네놈이 물었더랬지. 내가 왜 전쟁에 못 나서서 안달이냐고. 얀볼안이 네게 보여 준 모습과 아마 비슷할 거다."

"그럴 것 같아. 에단 키라트도 비슷했지."

"네놈에 대한 이야기는 포르테 공작님께 전해 들었다. 에단 키라트는 제국 바람기사단의 부단장이었던 남자. 얀볼안도 그렇고, 네가 쓰러트린 이들을 보면서 깨달은 바가 있겠지? 자, 나를 부축해라. 포르테 공작님을 뵈어야겠다. 나는 이제 다 나았어."

"아아. 알 것 같아."

르나이아가는 어깨를 슥 내줬다.

케터가 만족스러운 얼굴로 르나이아가의 몸에 기대려한 순간. 뒷목에 르나이아가의 일격이 들어왔다.

"제, 제길…… 이 미친 자식이…… 또……."

르나이아가는 손을 탁탁 털었다.

"부축이나 받아야 하는 인간이 무슨 전쟁에 나서겠다는 건지. 좀 더 쉬라고."

*　　*　　*

르나이아가는 혼절한 케터를 침상 위에 올려 주었다. 케터는 정신을 놓은 주제에 계속 씩씩거리며 잠꼬대를 해 댔다.

"어지간히 드센 형씨로구만. 기사도나 명예를 넘어선 그 무언가 때문인가. 어때? 꼬마, 너도 그렇게 생각해?"

"바보 같은 질문이네요. 전에도 말씀드리지 않았나요? 각자의 신념은 누구나 있기 마련이에요. 흔히 악당이라고 치부되는 자들도 그들만의 신념이 있기에 그리 행동하는 것이죠."

천을 젖히고 막사 안으로 들어온 이는 콩이었다. 지난날, 메를리니의 병을 고쳐주었던 천재 소년 마법사 콩은 르나이아가와 함께 루티아르 왕국 진영으로 합류해 있었다.

르나이아가가 심드렁하게 말했다.

"그래서 너도 신념에 따라 이곳에 와 있단 거야?"

"네. 에리 황녀와 데이무스 공에게 보답하지 못했던 걸 이런 식으로라도 풀려는 거죠. 그녀를 나락으로 빠트린 결정적인 계기에 일조한 죄도 있으니까요."

"그 나락으로 가는 길을 인도한 건 루티아르 왕국이고, 다이헤르 제국은 그녀의 고향 나라인데도?"

콩은 앞머리를 슥 뒤로 올려 넘겼다. 때 묻지 않은 새하얀 이마가 도드라졌다.

"메를리니 왕비는 지난 2년간 냉궁에 갇혀 있었던 그 두 사람을 위해 정성을 아끼지 않았어요. 그건 오히려 제가 해줬어야 할 도리였는데 말이죠. 그리고 마침내 두 사람이 제국으로 돌아가게 된다는 소식을 들었을 땐 제가 다 기뻤죠. 이제 다시 기회를 잡을 수 있다고 생각했거든요."

콩의 표정은 썩 좋지 않았다.

"제국으로 돌아가던 중, 의문의 습격을 받아 두 사람이 세상을 떠났다는 이야기를 듣고 저는 제 존재 가치를 잃어버린 느낌이었어요. 마치 기다렸다는 듯 애도의 전쟁을 벌이는 제국의 움직임을 보면서 뭔가 이상하다 싶었죠. 조사 끝에 모종의 음모가 있었음을 알게 되니 피가 거꾸로 솟는 기분이었어요."

조그만 주먹을 불끈 쥐었다가 폈다. 콩은 의미심장한 얼굴로 르나이아가를 바라봤다. 르나이아가도 사뭇 진지했다.

"근데 왜 전투에 나서진 않는 기야? 아직 뭔가 응어리가 남은 거 아니야?"

"제가 진짜 상대하고 싶은 적은 제국 황제나 레인 디너즈예요. 오히려 라우 제노스는 에리 황녀와 데미우스 공을 진정으로 아끼고 지지하는 남자이니까요."

"그럼 해전에 합류하지 그랬어."

"저도 잘 모르겠어요. 이왕이면 보다 현실적인 전쟁에 끼는 게 좋다고 여겼던 것 같기도 하고. 무엇보다 현실적인 전투는 이곳이니까. 하지만 역시 아직은 제국의 무고한 병사들을 해쳐야 한다는 데에서 주저하게 되네요."

"그래서 한 명이라도 더 신의가 있는 인물을 지켜보고 싶었던 거구만. 이 케터라는 남자가 그 대상이고. 참 너란 녀석도 별나구만."

"이런 걸 사돈 남 말이라고 하던가요. 그나저나 내일 전투에서는 또 절망적인 싸움이 이어지겠군요."

"그래. 어느새 마법 전투의 때가 무르익었다더군. 그 악몽을 또 지켜봐야 한다니 제길."

이튿날, 르나이아가는 머리를 벅벅 긁으며 인상을 찌푸렸다. 두 번째 보는 경험이었는데도 세상의 종말처럼 으리으리했다. 르나이아가는 멍하니 하늘을 가득 메운 마법의

향연을 지켜봤다.

적게는 수 명, 많게는 수십 명의 마법사들이 한 점에 에너지를 집중하면 그곳에 구 모양의 마력덩어리가 생겨났다. 그리고 구에서부터 무수히 많은 불덩어리와 얼음화살이 쏟아져 나왔다.

왕국군이나 제국군 모두에게 끔찍한 공포였다. 마법사들이 마법장막으로 막아 내지 못한 위치의 병사들은 신께 기도드리는 게 전부였다. 인간이란 생명이 참으로 보잘것없게 느껴질 만큼, 학살 그 자체였다.

콩은 케터가 묵고 있는 막사를 지켜주는 작은 규모의 마법장막을 펼치고 있었다. 간혹 돌덩어리나 불덩어리가 떨어져도 끄떡없었다.

르나이아가도 콩 바로 옆에 딱 붙은 덕에 재앙과도 같은 장면에 희생양으로 던져지진 않았다.

"정말 미친 세상이다 싶어."

"마법이란 모순 덩어리니까요. 처음 마법이란 게 개발됐을 땐 사용하는 이들을 편리하게 해 준다는 취지로 시작됐다고 하죠. 그러나 발전에 발전을 거듭하면서 고작 모닥불이나 필 줄 알았던 불꽃마법이 지금은 거대한 화염의 결정을 만들어 내죠. 대 전쟁용으로 고안 된 전체마법 공식은 그 최종형이라고 해도 과언이 아니에요."

"너도 저런 마법을 펼칠 수 있냐?"

"전체마법에는 엄청난 양의 마력이 필요해요. 그래서 각 국마다 마법병단이라는 부대가 창설된 것이죠. 다수의 마법사가 힘을 모아야만 전체마법을 펼칠 수 있으니까요. 아, 물론 저는 혼자서도 가능하긴 해요. 그만큼 후유증도 엄청나지만요."

"휘오. 너도 참 대단하긴 하구나. 과연 신탑 요네룬의 대현자 아르메가 직속제자로 키워낼 만한걸. 근데 있잖아. 왜 마법병단은 다른 부대처럼 하루는 일부분만 나가고, 나머지는 다음에 또 공격하는 형태를 취하지 않는 거야?"

"거기엔 간단한 이유가 몇 가지 있어요."

"뭔데?"

그때 큰 불덩어리가 마법장막 위로 떨어졌다. 콩은 특히 그 부위에 마법장막을 강화시켰다.

쿠궁—!

장막을 비롯해 지면이 살짝 뒤흔들렸다.

"방금과 같은 이유가 첫 번째예요. 마법병단의 수는 어느 한쪽이 얼마나 있고, 마법공격을 얼마나 퍼부을지 알 수 없어요. 마법사들의 기량에 따라 천차만별이기 때문이죠.

거기다 공격만 하는 게 아니라, 저처럼 마법장막을 구현하는 방어부대도 있기에 되도록 최대한 많은 공격과 방어를 동시에 해야 하는 거예요."

"아니. 그러니까 아예 마법에 대한 대비가 없는 개전 3일이나 4일쯤에 쓰면 효과가 더 나오지 않느냔 거야."

"그건 최소한의 인의와 관련이 있어요. 역사적으로 200년 전까지만 해도 천 명 이상이 동원되는 전투나 전쟁에는 마법을 쓸 수 없었어요. 그 규정을 어기면 다른 주변국들에게 대가를 치러야 하는 지경이었죠. 지금에 와서야 최소한의 인의를 지키기만 한다면 사용이 가능해져서 지금처럼 운용하고 있는 것이죠."

"그럼 너도 싸우려면 오늘밖에는 없는 거겠네?"

"글쎄요. 그건 또 모를 일이죠."

"오호라. 그렇다는 건?"

"잠시 귀 좀 대주세요."

콩은 귀엣말로 앞으로의 작전에 대해 속삭였다. 르나이아가는 고개를 끄덕이면서 승낙했다.

\*      \*      \*

마나기어.

인간의 형상을 한 2층짜리 집만 한 크기의 강철 덩어리.
알테마리아 공화국의 놀라운 과학력을 바탕으로 대부분의
나라들이 운용하고 있는 기체. 물론 나라마다 기체의 종류
나 성능은 천차만별이었다.

얀즈루의 협곡에서 메를리니와 레이드가 직면한 바 있었
던 S급 준마갑 마나기어 듀란크 등을 제외하면, 대개 등급
별로 크게 성능 차이는 없었다.

육중한 덩치의 마나기어들이 벌이는 전투는 마법대전과
달리 휴식을 취하는 성격의 시간이었다. 장갑기를 이용한
일기토나 마찬가지였다. 물론 사기를 올린다는 점에선 중
요한 싸움이기도 했다.

군신이라고 불리는 라우는 무예도 출중했지만 마나기어
를 운용하는 실력이 특히 뛰어났다. 스스로 제국 A급 마나
기어 게쉬발트에 탑승해 전투지로 돌입했다. 그를 필두로
B급 다리스들이 뒤따랐다.

왕국 측에서도 B급 프로탄트들과 C급 양산형 자미달들
이 우르르 몰려나왔다. 그들은 지휘관급을 상징하는 검은
깃 장식을 단 라우의 게쉬발트를 일차적 목표로 정했다.

[죽어라!]

프로탄트 한 기가 게쉬발트에게 달려들었다. 프로탄트의 도끼가 허공을 갈랐다. 그와 동시에 게쉬발트의 랜스가 프로탄트의 복부 부분을 관통했다.

그 광경을 지켜본 다른 프로탄트가 덤볐다.

[망할 자식! 조셉의 복수를 해 주마!]

[따라 보내줄 테니 너무 서운해하지 말도록.]

게쉬발트의 랜스와 프로탄트의 대검이 미묘하게 교차했다. 어깨부분을 살짝 내준 게쉬발트는 곧장 창격으로 프로탄트의 머리를 날려 버렸다. 그야말로 압도적이었다. 다른 왕국군 장갑기들도 차례차례 제국군 장갑기들에게 제압당했다.

지난주에 치러졌던 장갑기 대전과는 달라도 너무 다른 판도였다. 그때까지만 해도 양측이 비슷한 수준이었다. 그러나 이번부터 라우와 그의 직속부대가 장갑기 대전에 참전하니 상황이 급변해 버렸다.

라우가 이끄는 직속부대는 제국 북쪽에 위치한 세 나라와의 전쟁에서 수라장을 헤쳐 온 일당백의 베테랑들이었다.

[이런 나약한 놈들이라면 백 기고, 천 기고 다 상대해주마!]

게쉬발트가 방금 꽂아 넣었던 랜스의 끝을 쭉 빼내자, 몸통이 뻥 뚫린 자미달이 뒤로 쓰러져 버렸다. 뒤이어 두 기의 자미달이 동시에 달려들었다. 라우는 피식 웃으며 게쉬발트를 운용했다. 여유롭게 공격을 피해 내고는 랜스로 적들을 침묵시켰다.

[좀 더 적극적으로 반항해 봐라! 이 정도로는 내 분노가 전혀 가시지 않는단 말이다!]

라우의 게쉬발트는 인정사정 봐주지 않았다. 그와 대적한 왕국군 장갑기들은 별다른 저항도 못하고 땅바닥에 고꾸라졌다. 결국 왕국군 장갑기들은 꼬리를 말고 후퇴했다. 두 번째 장갑기대전은 재볼 것도 없이 제국군의 압승이었다.

이 날의 승패는 이튿날의 사기를 결정짓는 중요한 요소였다. 이렇게까지 우세한 결과가 나타났으니 제국의 기세는 최고조에 다다랐다.

반면 왕국의 사기는 나락 아래로 추락해 버렸다. 이대로 다음 전투를 치르게 된다면 피해가 늘어날 뿐이었다. 왕국군 지휘관들은 중앙막사에 모여 밤을 지새가며 전략전술을 논했지만 특별한 답을 내놓지 못한 채, 이튿날을 맞이했다.

그러던 중, 뜻밖의 이변이 일어났다. 양 진영 모두 전혀 예상치 못했다. 상상하지 못한 상황이었기에 대처를 한다는 것도 불가능했다.

변화는 양측의 부대가 서로 맞부딪혀서 치열한 난전이 벌어진 장소 한가운데에서 시작되었다. 왕국군 입장에서는 두 가지 변수를 동반한 기적이었다.

반짝이는 천사와 같이 꾸민 여인이 전장 한복판에 불시에 나타났다. 광활한 빛 덩어리를 동반하고 등장한 붉은 머리의 여인이 누구일지 고민할 것도 없었다. 이토록 타오를 듯 빨갛게 물든 머리카락을 가진 여인은 세상에서 단 하나. 루티아르의 붉은 왕비였다.

새하얀 빛으로 전신을 둘러싼 그녀의 모습이 어찌나 영광스럽고 아름답던지 주위의 병사들은 살기를 거두고 싸움을 멈췄다. 제국군 병사들까지도 메를리니의 갑작스러운 등장에 멍하니 지켜봐야 했다.

제국군 3부대장 포딜 스크레드 자작은 입을 쩍 벌린 채 무기를 든 손을 내렸다.

"여, 여신이라도 된단 말인가……? 왕국 남부에나 있어야 할 여인이 별안간에 그것도 이 전장 한복판에……? 대체 무슨 일이 벌어지고 있는 거지……."

포딜은 공격명령을 내릴지 말지 한참을 고민했다. 상황은 어이없었지만 메를리니를 사로잡기만 한다면 전쟁의 승리를 거머쥘 수 있었다. 물론 일등공신도 자신이 될 테니, 출

세길도 열릴 것인데, 좀처럼 명령이 입에서 나오질 못했다.

왕국군도 상황은 마찬가지였다. 이렇다 보니 양측은 마치 휴전이라도 한 듯 메를리니에게로 시선을 돌린 채 멈춰 있었다.

정적이 깨진 것은 한순간이었다. 왕비의 등장으로 기운이 생긴 왕국군 병사 하나가 날린 화살에 제국군 병사가 쓰러진 게 신호탄이 되었다.

그때 메를리니가 가는 목소리로 속삭였다.

"가호의 방패."

정면에 보이지 않는 투명한 보호막이 생겨났다. 마법사들이 사용했던 마법장막과는 달랐다. 보호막은 앞에 있는 모든 물리적 대상들을 밀어내버렸다. 무기든, 인간이든, 땅위에 있는 모든 것들을.

투명막은 제국군 병사들의 모든 물리적 공격을 튕겨 내거나 막았다. 범위가 그렇게 넓지는 않았지만 메를리니를 중심으로 둘러쳐졌기에 그녀가 움직일 때마다 전장의 진형이 조금씩 변해 버렸다.

무엇보다 메를리니가 왕비란 게 중요했다. 그녀를 보호하기 위해 왕국군 병사들도 진형을 바꿨다. 분위기도 바뀌었다. 왕비님의 깜짝 등장은 떨어져 있던 왕국군의 사기를 올려주는데 효과적이었다.

그때 두 번째 변수까지 끼어들었다.

거대한 화염의 벽이 제국군 사이에서 솟아났다. 불길에 휩싸인 제국군 병사들은 비명을 지르다가 숨을 거뒀다.

제국군 3부대장 포딜은 이건 또 무슨 거지같은 상황인가 싶었다. 루티아르 왕비가 부린 마법도 그렇거니와, 공격마법까지 빗발치다니? 그는 황급히 예비마법사들을 불러서 무슨 상황이냐고 따졌다.

예비마법사들은 서로 자신들은 모르는 일이라고 주장했다.

"루티아르 왕비가 나타날 때 사용한 마법이나 지금 쓰고 있는 마법은 저희도 정체를 모르겠습니다. 다른 공격마법도…… 저희가 이해할 수 없는 상황입니다. 장군도 아시다시피 대부분의 마법사들은 마법대전에서 마력을 운용하면, 며칠을 내리 쉬어야 다시 활동할 수 있습니다."

"전쟁에서의 신의를 떠나서 우리 마법사부대에 맞서기 위해선 왕국 측도 전 마법사들을 동원해야 했을 텐데…… 저 정도 마력을 운용하려면 못해도 열댓…… 이럴 수가……."

포딜이 의아해했다.

"왜 그러나?"

"호, 혼자입니다. 마법사 한 명이 날뛰고 있는 겁니다. 이래서 저희가 마력의 이동을 파악하지 못한 거였습니다. 혼자서 열 명 이상이 합심해야 가능한 마법을 펼치고 있는 겁니다. 그야말로 괴물입니다……."

"아니 그딴 건 상관없다. 애초에 마법협약은 어떻게 된 것인가? 루티아르는 세계의 규칙을 어길 셈인가!"

"그, 그건 아닙니다. 전쟁에서의 마법협약은 어디까지나 전체마법과 같은 대량살상마법에 준하는 것. 기사들도 마법을 일정 수준 활용할 줄 아는 마법기사도 있습니다. 마법 자체에 모든 제약을 둘 수는 없거니와, 애초에 한두 명의 마법사로는 전황이 뒤흔들리지 않거늘…… 저 마법사의 실력이 월등한 것입니다."

"그건 또 무슨 개뼈다귀 같은 조항이야! 제길! 마법사라면 접근전에는 약할 터! 적 보병들을 뚫고 마법사부터 노려라! 아니다! 루티아르의 왕비도 붙잡아라! 그럼 전쟁의 승리는 우리의 것이다!"

포딜은 미칠 지경이었다. 왕비도 그렇고 마법사도 그렇고 정말이지 가공할 마법능력이었다. 특히 마법사 쪽이 대단했다. 양손으로 서로 다른 속성의 마법을 부려대고 있었다.

얼음화살 수십 발이 제국군을 덮치고 나면, 곧바로 지반이 흔들리면서 암석이 솟구쳐 올랐다. 인간 하나가 여러 종류의 속성을 다루는 것도 비정상이었는데, 운용하는 범위나 위력도 상상을 초월했다.

포딜 직속의 돌격기사 알콘은 이대로 놔두면 전황이 위태롭다고 판단했다. 그는 필사의 의지로 부하들과 함께 왕국군의 방어선을 뚫고 들어갔다. 보호막이 막아서자 영향권 밖인 뒤쪽으로 쭉 돌아갔다.

예상대로 보호막은 반달 형태로, 뒤는 비어 있었다. 혼신을 다해 검을 뻗었으나 그의 검은 닿지 않았다. 르나이아가의 날카로운 손톱이 알콘의 복부를 관통한 것이다.

"네, 네놈은…… 두르나크 경을 쓰러트린……."

숨을 거둔 알콘을 뒤로하고 르나이아가가 메를리니 옆으로 다가왔다. 그 또한 메를리니의 갑작스러운 등장에 얼떨떨한 건 마찬가지였다.

"너, 어떻게 온 거야?"

"전에도 봤잖아. 근데 좌표가, 아니, 그게 잘못됐다기보다는 너의 위치가 문제였던 것 같네. 하필 네가 전장 한복판에 있을 줄이야. 지인의 위치에 맞춰 이동해야 한다는 점이 이럴 땐 굉장히 불편한걸."

"지금 그런 태평한 말을 할 때냐. 젠장."

르나이아가는 이마를 되짚었다.

그쯤 공격마법을 펼치고 있었던 콩의 마법이 더욱 거세졌다. 콩의 양손에서 얼음과 불의 기운이 용솟음쳤다. 손을 살짝 휘저을 때면 정면의 적병들이 마법세례에 휩쓸렸다. 이래저래 제국군 입장에선 답답할 지경이었다.

설상가상 콩이 메를리니의 보호막 뒤로 숨어버리니 구멍조차 보이지 않았다. 콩은 메를리니 옆으로 슥 다가섰다.

"오랜만에 뵙습니다. 이젠 왕비님이라고 불러드려야 하나요?"

"콩도 건강해 보이니 다행이네요. 이 피비린내 나는 전장에 어울리기엔 아직 때 묻지 않은 나이일 텐데 고생이 많아요."

"별말씀을요."

콩은 슬며시 메를리니의 종 목걸이를 흘끗거렸다.

"역시 여신의 종이 발현한 능력인 거겠죠? 바람의 재상이 일으키는 기적도 더러 봐왔지만, 왕비님의 능력은 확실히 그것과는 다른 성질인 것 같네요."

"시간제한이 좀 있지만요. 슬슬 한계네요."

메를리니의 투명막이 점점 옅어졌다.

다행히 그쯤 포딜의 의지가 완전히 꺾여버렸다. 이대로 피해를 늘리느니 차라리 후퇴하는 게 정론이라고 판단했다.

"전군 퇴각하라!"

공에 눈이 멀어 쓸데없는 오기를 부린답시고 부하들을 사지로 집어넣을 순 없었다.

개전 9일째의 전투는 그렇게 끝났다. 왕국군은 지난날 장갑기 대전에서 잃었던 사기를 다시 되찾을 수 있었다.

그러나 진짜 문제는 그게 아니었다. 로우를 비롯한 귀족 지휘관들은 서둘러 왕비를 모셨다. 왕이 직접 전장에 나간 다는 이야기나, 순시한다는 예는 더러 들어왔으나, 왕비가 그랬다는 전례는 금시초문이었다.

그날 저녁, 메를리니가 진지로 들어서자 누가 시키지도 않았는데 우레와 같은 박수와 함성이 병사들 사이에서 터져 나왔다. 메를리니는 전장 한복판에 와 있음을 새삼 다시 느꼈다.

아무런 기별도 없이 왕비가 전투가 한창인 지점에 불시 나타난다는 건, 전대미문이었다. 그래서 더욱 병사들의 기분은 고취됐다. 개중에는 지난번 유리 그림자 산맥 전투에 참전했던 병사도 있었다.

로우는 메를리니를 그나마 제일 안전한 장소로 모셨다. 달리 화려한 건물도 없었다. 그녀에게 내줄 수 있는 가장 고급스러운 장소는 중앙막사였다.

중앙막사에 지휘관이라고 할 수 있는 인물들은 모두 모여들었다. 그들은 중앙에 앉아 있는 메를리니를 주시했다. 그녀의 입으로 어떻게 된 상황인지 듣고 싶었다. 총사령관 로우도 마찬가지였다. 그는 메를리니 앞에 정중히 무릎 꿇고 말을 여쭈었다.

"왕비 마마, 이곳은 이번 전쟁 중 가장 치열한 전쟁터입니다. 어찌하여 이 위험한 곳을…… 아니, 어떻게 찾아오신 것입니까?"

사실 뭐부터 물어야 할지도 감이 잡히질 않아 질문의 요지가 불분명했다.

반면 메를리니는 더없이 차분했다.

"먼저 뭣부터 답해 드려야 할까요. 흐음. 우선 이 위험한 곳을 찾아온 이유부터 알려드릴게요. 아마 설명하다 보면 두 번째 물음에도 답이 되겠네요. 반응을 보아 아직 소식을 못 들으신 것 같은데, 지금 왕국 남부와 중부는 한창 전투 중입니다."

"예? 설마 해전에서 우리 군이 진 것입니까……?"

"아뇨. 해군은 이곳과 마찬가지로 아직 치열한 접전을 펼치고 있을 거예요. 그저 오랜 기간 방치한 게 누적되다 보니 별동대라고 부를 만큼 막강해진 게 문제였죠. 현재 남부와 중부는 제국군 정예 별동대에 의해 엉망이 되고 있어요. 대부분의 병력은 이곳과 해상으로 차출된 상태니까요."

"그럴 수가……."

막사 안이 술렁였다.

메를리니의 말이 사실이라면 루티아르 왕국 어디에도 안전한 장소란 없었다. 어떻게 해서든 이곳이나 해전이 승리를 거둬야만 했다. 특히 이곳이 뚫려버린다면 방어선은 사실상 전무한 상황이 돼버렸다.

"전하께서도 지금쯤 적군과 조우하셨을 거예요. 상황이 그렇다 보니 저는 왕태후 마마의 말씀에 따라 프로테 공작이 있는 이곳으로 오게 된 겁니다. 제게는 두 달에 한 번 주기로 사용가능한 순간이동 능력이 있거든요."

"그렇군요…… 마마, 혹 왕태후 마마께서는…… 무사하십니까?"

"왕태후 마마께는 여섯 기사들이 함께하고 있으니 괜찮을 거예요. 그보다 가장 시급한 건 이곳의 전황입니다. 이제부터 왕비의 권한으로 저도 전쟁에 관여하겠습니다. 작위가 있는 지휘관분들은 남아주세요."

그날 밤, 중앙막사에서는 늦은 시각까지 지휘관들이 남아 있었다. 메를리니의 주도 하에 앞으로의 작전개요에 대해 정리하는 시간을 가졌다.

중앙막사에서 회의가 한참인 시점.

르나이아가와 콩은 뻑적지근한 몸을 이리저리 풀어 주고 있었다.

"저는 이제 방전 상태예요. 아무리 천재라도 한계는 있거든요. 당분간 큰 마법은 하나도 사용하지 못할 거예요. 그나저나 왕비께서 보여 준 그 능력들. 여신의 종에도 제법 특별한 기능들이 많나 보더군요."

"에티로카에서도 사용했던 능력이지. 하여간 사람 깜짝 놀라게 하는 데 도가 튼 여자라니까. 이번에도 뭔가 대단한 기적을 만들어 낼지도 몰라. 그건 그렇고 넌 어때? 설마 아예 마력을 다 써 버린 건 아니지?"

"걱정 마세요. 치료 마법 정도는 가능해요. 케터 어나드, 그 사람을 치료할 만한 마력은 남겨놨어요."

태연한 얼굴로 잘도 말하는 콩의 면모를 보자니 르나이아가는 웃음밖에 나오지 않았다.

"하여간 정말 대단한 녀석이야. 새삼 느끼는데 네가 이 정도면 신탑 요네룬의 대현자 아르메는 얼마나 괴물인 거야?"

"천재지변, 자연재해. 걸어 다니는 신의 분노. 절대적이라는 표현을 모두 더해도 그분을 꾸밀 순 없죠. 마법의 규모가 클 뿐인 저와 달리, 그분의 마법은 하나, 하나가 전체마법과 진배없어요. 만약 그분이 이 전쟁에 참전했다면 필승이었을걸요?"

"다른 이도 아닌 네가 그리 말하니 진짜 현실적으로 느껴지는구만. 콩, 오늘 하루 고생 많았다. 그만 쉬러 가자."

콩은 고개를 절레절레 흔들었다.

"아뇨. 오늘 분 치료를 해야죠."

"그 똥고집이 꽤 마음에 들었나 봐?"

"피나게 단련된 몸이 이제 한계에 부딪쳤어요. 부상은 시발점이었을 뿐. 아마 자신이 가장 잘 알고 있었을 겁니다. 그럼에도 목숨보다 소중한 기사의 긍지. 저도 그것이 만들어 내는 기적이 어디까지일지 보고 싶어서요."

이윽고 콩이 들어간 케터의 막사 안에서 연록색을 띠는 치유의 빛이 일렁였다. 처음에는 르나이아가의 부탁으로 시작했던 치료가 이제는 콩이 자처해서 케터의 치료를 위해 나선 것이었다.

르나이아가는 빙그레 웃으며 슬슬 어두워지고 있는 하늘을 바라봤다.

*   *   *

이튿날, 메를리니는 중앙막사로 지휘관급들을 소집했다. 전황의 행방이 고착한 데 기인한 자리였다. 지난밤에도 이야기를 나눴지만 별다른 해답은 나오지 않았다.

엎치락뒤치락하는 전황 속에서 루티아르 왕국군은 쉽게 승기를 잡지 못했다. 서로 주고받는 소모전을 계속하면 할수록 병사 수가 적은 왕국군이 불리했다.

아무리 방어하는 입장을 최대한 활용해서 보급선이나 예비병사를 징집할 수 있더라도, 당장 십만 단위의 제국군이 아리할 대평원에서 승리를 하고 남하라도 하는 날엔 최악이었다.

이미 제국 별동대에 의해 안쪽에서부터 피해가 쌓이고 있었다. 북부의 제국군이 내려간다면 얇게 둘러쳐진 왕국의 방어선은 차례대로 무너질 수밖에 없었다.

그나마 버틴 것도 메를리니의 존재 덕분이었다. 왕비가 직접 전장에 함께 함으로써 병사들의 의지가 보다 다져졌다.

"여러분, 무슨 방도가 있다면 말씀해 주세요."

메를리니의 목소리는 간절했다.

지휘관들은 서로 눈치만 살폈다. 그들은 기껏 해야 일개 도적단이나, 간간히 소규모 반란을 진압해 온 경험이 전부였다. 이런 큰 전쟁에 대해선 문외한이었다.

차라리 무늬뿐인 귀족 지휘관들을 내치고 신분 낮은 무장들을 지휘관 자리에 앉히고 싶었다. 그러나 어찌 됐든 12만의 병력도 이곳에 함께한 귀족들이 각 영지에서 끌어온 군대를 규합해서 이뤄진 것. 그들을 무시하고 뭔가를 논할 순 없었다.

회의에는 특별히 르나이아가와 콩도 함께 했지만, 그들 또한 묵묵부답을 일관할 뿐 별다른 의견을 피력하지 않았다.

"큰일이군요. 어제처럼 마법을 이용한 반전을 또 기대할 순 없을 텐데 말이죠. 으음……."

메를리니의 고뇌가 점점 커져가던 그때.

케터가 중앙막사로 들어섰다. 완고한 결심을 한 얼굴이었다.

"왕비님! 제게 맡겨주십시오!"

"누구죠? 어제는 못 본 분 같은데."

메를리니가 고개를 갸웃하자, 로우가 급히 나서서 케터를 제지했다.

"케터, 안 되네. 자네는 아직 무리야. 나는 훌륭한 인재를 함부로 던지는 무리수를 두지 않는단 사실을 알잖나?"

"몸은 괜찮습니다! 저기 서 있는 소년 마법사가 제 몸을 치료해 주었습니다! 아니, 오히려 평소보다 더 건강해진 것 같습니다! 지금이라면 모든 장애물을 치워내고 공작님께 승리를 드릴 수 있습니다!"

케터의 눈동자는 확고한 의지를 품고 있었다. 헛된 혈기로 비롯된 게 아니었다. 그걸 오랫동안 함께 해 온 로우가 모를 리 만무했다. 전쟁의 승패가 결정지어질 중요한 시점. 케터가 전쟁 초기에 보여 줬던 그 용맹을 다시 한 번 보여 준다면 해볼 만했다.

그래도 선택권은 메를리니에게 있었다.

로우는 메를리니의 의향을 물었다.

"어떻게 하시겠습니까?"

"케터 어나드 경이라면, 어제 회의 때도 몇 번 거론됐던 장수로군요. 아마 가장 용맹한 장수라고 들었던 것 같아요. 포르테 공작님, 그 외에 뛰어난 장수 두 명만 더 추천해 주세요."

"예? 그렇다면 베스 다일, 다그리파 리아드를 추천 드립니다."

"네. 그 둘을 어나드 경의 좌익과 우익에 붙여주세요. 지금으로선 달리 선택의 여지가 없어요. 케터 어나드 경, 제국군의 심장에 비수를 꽂고 오세요."

"예! 맡겨주십시오!"

케터는 당당하게 전장으로 향했다. 그의 복귀를 환영하듯 병사들이 루티아르 국가를 부르며 이름을 연호했다. 케터의 부장으로 따라붙은 베스와 다그리파도 자신감이 한층 샘솟았다. 그 의지는 그대로 전투의 순간까지 이어졌다.

돌진! 돌진! 케터군은 제국군의 중앙을 일직선으로 뚫고 들어갔다. 포위라도 될라 치면 베스와 다그리파가 이끄는 좌우익 부대가 뒤따라 돌격해 들어갔다.

제국군 중앙 선진을 지휘하고 있었던 고르다 남작은 병사들의 완급을 조절하면서 버텼지만 역부족이었다. 순식간에 파고들어온 케터의 무자비한 일격이 고르다 남작의 목을 베어 버렸다.

파죽지세로 치고 들어오는 케터군의 흐름을 막겠다며 여러 장수나 귀족 지휘관이 나섰으나 상대가 되지 못했다. 케터에게 굴욕을 선사했던 원 진형을 다시 구사해 보려던 시도도 시차를 두고 공격해오는 좌우익 부대에 의해 실패했다.

제국군은 케터군의 무용에 이리저리 휘둘리는 듯했다. 속수무책으로 전황이 기우는가 싶더니, 제국군의 움직임이 눈에 띄게 달라졌다.

형태는 달라도 목적만은 원 진형과 같았다. 케터군의 선두를 건드리지 않고 몸통부터 꼬리까지 뒤만을 노리는 공격이었다. 뒤가 다 잘려버리면 아무리 케터가 정면에서 적을 치더라도 끝내는 돌파력을 잃을 수밖에 없었다.

오랜 전쟁 경험이 쌓이면 돌파력이 강한 부대를 상대하는 법을 제대로 파악하게 되기 마련. 급히 충원한 부대와 달리 라우의 직속 부대는 그 방식에 통달했다.

케터는 뒤가 당하고 있음을 인지했다.

"제길. 이대로는 후미가 모두 당해 버린다."

어떤 판단을 내려야 할지 갈피를 잡기가 힘들었다. 후퇴할지 돌격할지, 순간적으로 변수를 따져 봐도 답은 명확하지 않았다. 이내 케터는 머릿속을 비웠다.

"라우 제노스의 목이 눈앞이다! 전군! 적군의 중앙으로 진격이다!"

케터의 우렁찬 목소리가 전장을 요동쳤다. 그와 부하들은 이 전투에 뼈를 묻을 각오를 다졌다. 제국군 총사령관의 목을 노린다는 건 그랬다. 적진 중앙까지 파고든다면 다시 돌아갈 퇴로 따윈 존재치 않았다.

생환의 여지를 아예 배제하고 라우 제노스의 목 하나를 노리기 위한 강행돌파였다.

케터는 앞을 막아서는 적군을 모두 쓸어버리고 마침내 적진 중앙에 다다랐다. 중앙 본영이 위치한 그곳. 제국군 총사령관 라우 제노스가 있는 장소였다.

"흐리얍!"

중앙막사 주변을 지키는 방어부대의 대장을 처리하니 바로 정면이었다. 케터는 베스와 다그리파에게 적 부대가 오지 못하도록 최대한 시간을 끌어달라고 지시했다. 그리고 말을 몰아 라우 앞에 섰다.

라우는 부하 제장들의 만류를 뿌리치고 스스로 말에 올라타 케터와 마주했다.

"케터 어나드라고 했던가. 그 무용은 익히 들어온 바 있지. 그런데 굉장히 의외의 전술이 아닌가? 메를리니 왕비가 합류했다더니, 어찌 이리도 초조한 작전을 추진한 것이지?"

"왕비님의 존함을 더러운 입에 담지 마라."

"뭐 좋아. 변수가 많으니 재미있군. 나는 오랜만에 즐기는 대규모 전쟁이라 좀 더 즐기고 싶은 마음도 있었거늘. 아무래도 너희 왕국군은 길게 끌고 싶지 않나 보군."

"우두머리 하나만 제거하면 끝나는 전쟁을, 길게 끌어서 무엇 하겠나. 제국의 재상 라우 제노스, 그만 이 전쟁을 끝내도록 하겠다!"

케터는 거칠게 창을 휘둘렀다. 이 일격으로 제국의 재상을 죽이고 전쟁은 끝낼 셈이었다. 그러나 자신의 창이 하늘로 튕기고, 말을 탄 그대로 쭉 뒤로 밀려났을 때 생각은 바뀌었다.

"크윽. 대체!"

"군신을 얕보는군."

어느새 라우가 치고 들어왔다. 무거운 일격이 케터를 찍어 눌렀다.

가까스로 막아냈지만 상당히 버거웠다. 케터는 라우가 군신이라고 불린 이유를 되새겼다. 방금 자신의 첫 공격을 가볍게 튕겨낸 것도 모자라 지금의 공격도 예사 것이 아니었다.

"이 늙은 괴물이!"

챙—!

케터의 혼신이 라우를 뒤로 밀어냈다. 그러나 라우의 얼굴에는 당황한 기색 따위 없었다. 실실 웃고 있는 것이 여유로움 그 자체였다.

"힘에 부치나 보군. 케터 어나드."

"제길."

케터는 흘끗 주변을 살펴봤다. 아직은 버티고 있었지만 언제 아군이 밀려서 적군들이 들이닥칠지 모를 일이었다.

라우가 창 손잡이를 어루만지며 말했다.

"그 점은 걱정하지 않아도 좋다. 한 번 승부에 나선 이상, 누구도 이 싸움을 방해하지 못한다. 설사 내가 죽게 되더라도 말이지."

"대부분 그렇게 말하더군."

"재상의 직책을 맡고 있다고 계속 얕보이는군. 나도 원래는 기사의 몸이다. 목숨을 버릴 각오로 쳐들어온 손님을 몰상식하게 대할 기사도는 내 사전에 없다."

"쳇. 기사라면서 말 하나는 번지르르하게 내뱉는군! 죽어라!"

둘의 창이 공명하듯 쇳소리가 계속되는가 싶더니 어느 순간 멎었다. 콰직! 라우의 말이 케터의 말을 들이받았다. 머리가 깨진 케터의 말이 히이잉! 소리를 내면서 이리저리 움직여댔다. 그 틈을 놓치지 않고 라우의 창이 케터의 가슴팍으로 치고 들어왔다.

"이따위 기습에 내가…… 끄윽……."

가슴이 관통당한 케터는 한차례 피를 토해 내고는 라우를 쳐다봤다. 한 손으로 라우의 창을 부여잡고 나머지 손으로 자신의 창을 꽉 쥐었다. 그 순간, 라우가 말안장에서 빼내든 장검이 케터의 목을 그어 버렸다.

"이것으로 전쟁의 승리는 우리의 것이로군."

라우는 낙마한 케터를 뒤로하고 승리의 목소리를 외쳤다. 이윽고 상황을 인지한 베스와 다그리파가 진형을 무너트리고 달려들었지만 라우의 상대는 되지 못했다. 순식간에 지휘관들을 잃은 왕국군은 제국군의 기세에 몰살당하다시피 했다.

그 비극적인 소식을 들은 왕국군 본영은 급격히 침울해졌다.

이제는 단순히 흐름이나 사기의 문제가 아니었다. 사실상 왕국군 제일의 무장을 잃은 것도 모자라, 하필이면 그를 쓰러트린 게 군신이라 불리는 적군의 총사령관이었다. 장갑기 대전은 이미 열세였고, 이대로라면 전쟁의 패배에 가까웠다.

너무나 정당한 승부에서 케터를 이긴 라우가 직접 전면

에 서서 군대를 이끌고 온다면, 지금의 왕국군으로선 도무지 막아 낼 재간이 없었다.

케터가 전사한 그날 밤.

로우는 긴 한숨을 내쉬었다. 아직 추울 시기가 아닌데도 밤공기가 차갑게 느껴졌다. 솔직히 자신이 나서도 라우를 이길 수 있을지 의문이었다. 누가 뭐래도 직하 최고 무장인 케터마저 쓰러트린 사내가 아닌가.

"왕태후 마마를 뵐 낯이 없군. 아니, 뵐 수나 있을는지……."

"뭐가 그렇게 고민이신가요?"

"왕비 마마? 이 시간엔 어쩐 일로……."

"오늘 전투에 대한 일이라면 마음 쓰지 마세요. 케터 어나드 경을 전장으로 보낸 건 제 판단. 오히려 제가 잘못한 것이니까요."

"송구스럽습니다."

로우의 얼굴은 근심으로 가득했다.

그런 로우의 귓가에 믿기 힘든, 그러나 믿고 싶은 말이 들려왔다.

"내일 하루만 버텨주시면, 제가 어떻게든 해드릴 테니, 이대로 무너지지만 마세요."

메를리니의 뒤쪽에서 르나이아가와 콩이 모습을 드러냈다. 메를리니가 왕태자비로 들어와 지금껏 보여 준 모습은 보통 여인의 것과는 달라도 확연히 달랐다.

그걸 지켜봐 온 로우는 메를리니의 능력을 인정하는 입장이었다. 거기에 르나이아가와 콩. 이 두 사람까지 가세해 준다면 정말 뭔가를 해 줄 것만 같았다.

설사 그게 한 가닥 희망일지라도. 로우는 그 희망에 모든 것을 걸기로 했다. 메를리니가 말한 대로 내일이 승부처였다.

제2장

왕제 전쟁 Ⅱ

『거대한 전쟁의 흐름 속에서 빛을 발하는 이가 존재한다면, 반대로 그 불꽃을 태우고 그림자 속으로 흐트러지는 이도 존재하는 법이다.』

메를리니와 약속한 대로 로우가 이끄는 왕국군은 필사적인 항쟁에 나섰다. 이 또한 메를리니가 전투 직전, 병사들을 순시하며 사기를 북돋아준 덕이었다. 피비린내가 진동하는 전쟁터에 왕국에서 가장 고귀한 여인이 함께한다는 건 그만한 가치가 있었다.

어느새 사이클이 돌아와 이튿날이면 마법대전이 펼쳐질 것이고, 뒤이어 장갑기대전에서 제국에게 압도당할 건 자명했다. 사실상 다음 사이클이 이 전투의 종지부였다.

이런 시점에서 로우가 메를리니에게 희망을 건 것은 어쩌면 당연했다. 그를 비롯한 귀족 지휘관들에게는 현 상황을 타개할 방도가 없었다.

그날 밤, 르나이아가는 막사 이곳저곳을 돌아다니며 안 쓰는 천을 긁어모았다. 천 쪼가리를 건네주는 병사들의 손이 가늘게 떨렸다. 전투에서의 패배와 더불어 내일 있을 마법대전의 끔찍한 공포 때문이었다.

르나이아가는 누런 천 떼기를 한 움큼 모아 놓고서 잠시 휴식을 취했다. 그가 챙겨온 천을 실로 하나하나 엮고 있었던 콩이 흘끗거렸다.

르나이아가는 다소 심드렁한 얼굴이었다.

"진짜 이 작전으로 전황이 뒤바뀔까?"

"왕비께서 말씀하신 이 작전은 제가 봐도 탁월해요. 당신의 기이한 무용과 제 마법이 더해지면 충분히 가능해요."

"근데 굳이 오늘 하는 이유는 뭐야? 어제 했어도 되는 거 아니었나?"

콩은 천 쪼가리를 하나씩 엮어갔다.

"저도 처음 들었을 땐 그런 생각이 없지 않았어요. 근데 가만 보니 오늘이 가장 최적인 게 맞았어요. 이 작전은 말처럼 그렇게 쉬운 게 아니에요. 이전번까지만 해도 특별한 기회가 없었어요. 제국이 지금처럼 승리를 확정지은 듯 의기양양할 때나 가능한 거죠."

"어째서?"

"왕국군이 이번 사이클을 마지막으로 보고 있듯이, 제국도 마찬가지일 거예요. 무엇보다 며칠 전에 당해버리면 제국도 그에 맞춰 대비책을 마련할 테니 오늘이 적기인 거예요. 아마 내일 마법대전은 양측이 예비마법사들까지 모두 동원하여 총공세를 펼치겠죠."

"어마어마하겠구만."

"한쪽에서만 빗발치겠지만요. 자, 다 됐어요."

콩이 천 쪼가리를 엮어 만든 건 마치 커다란 모포 같았다. 듬성듬성 엉망이고, 병사들이 쓰던 천을 모아 만든 거라 냄새도 역했다. 피와 땀으로 얼룩진 모포는 딱 두 개였다. 큰 건 르나이아가가 덮어썼고, 작은 건 콩이 머리 위에 덮었다.

"준비 끝이에요."

"끄흐 냄새 죽이는구만. 새 천이나 다른 거로는 왜 못 만드는 건데."

"어쩔 수 없어요. 은신 계열 마법은 타인의 흔적과 기억에서 지워지는 저주받은 술법. 수많은 장병들의 피와 땀,

흔적 등이 배여 있는 이 천 조각들 같은 게 있어야 가능해요. 자, 갑니다."

콩이 양손에 마력을 집중시켰다. 기괴한 소리와 함께 푸른빛이 두 사람을 감싸기 시작했다. 푸른빛의 가호로 뒤덮인 몸이 점차 투명해졌다. 깜깜한 어둠에 동화되듯 둘의 모습이 감춰졌다.

걷는 소리조차 없이, 그들이 지나간 자리가 살짝 패여서 지면에 발자국이 남는 게 다였다. 소리 소문 없이 왕국군 진영을 빠져나가선 그대로 제국군 진영으로 살금살금 잠입했다.

르나이아가는 빠르게 움직이고 싶었지만 콩의 속도에 맞춰서 느릿느릿 움직였다. 마법 시전자인 콩과 일정거리를 유지해야 돼서 속도를 맞춰줘야만 했다. 르나이아가와 달리 콩은 운동신경이 젬병이었으니까.

"저기 보세요. 마법부대를 상징하는 깃발이에요. 역시 예상대로 예비마법사들까지 모두 전방으로 이동해 온 것 같아요."

"아니, 잠깐만. 이럴 거면 그냥 라우 제노스인가 하는 재상을 죽이는 게 낫지 않아? 네 은신마법만 있으면 쉽게 잠입할 것 같은데."

콩은 도리도리 고개를 흔들었다.

"포르테 공작의 막사 못 봤어요? 각 진영들엔 알게 모르게 첩자들이 많이 숨어 있어요. 그런 이들도 있고, 혹은 우리처럼 몰래 잠입하는 이들이 있기 때문에 고위 지휘관들의 막사에는 호위병이 많거나 별도의 결계마법을 쳐 놓는 편이에요. 우리도 결계를 지나치면 바로 발각될걸요. 등잔 밑이 어둡다고, 오히려 마법사들은 자기들이 묵는 막사에는 아무런 조치도 안 해두죠. 보세요, 이렇게 무방비 상태라니까요."

콩이 먼저 마법사들의 막사로 숙 들어갔다. 뒤따라 들어간 르나이아가의 시선에 쿨쿨 잠들어 있는 마법사들이 비쳤다.

"휘오. 진짜 완전 무방비 상태네?"

"비명 소리도 내지 못하도록 빠르게 숨통을 끊어야 해요. 행여 피가 튀어서 천에 묻으면 은신이 풀리니까 조심하세요."

"말이야 쉽지."

르나이아가는 조심스레 장검을 꺼내 들려다가 다시 거두었다. 신속하고 정확한 일 처리를 위해선 손톱 쪽이 낫다고 판단했다. 마음을 가다듬고 발을 내딛는가 싶더니, 순식간에 마법사들의 숨통을 끊어 버렸다.

눈 깜짝할 사이에 진행됐다. 콩은 놀랍다는 듯 박수 치는 시늉으로 응대했다.

"역시 보통 솜씨가 아니군요. 이 정도로 조용한 일 처리가 가능하다니. 이참에 암살자로 전향하는 게 어때요?"

"너야말로 참, 겉모습으로 보이는 것처럼 십 대 아이가 맞나 싶다."

"뭘 새삼스럽게요. 자, 다음 막사로 이동하죠."

두 번째 막사도 별문제 없이 해결됐다. 열네 번째까지도 순조로웠다. 점점 일 처리가 단순화되니 둘의 긴장감이 사라져 버린 것일까.

제대로 인원을 확인하지 않은 게 화근이었다. 열다섯 번째 막사를 처리하고 나가려던 순간, 뒷간에 다녀왔던 마법사 한 명이 동료들의 죽음을 목격해 버렸다.

"대, 대체…… 으, 으아아! 비상이다! 꺼억……."

르나이아가의 날카로운 손톱이 마법사의 목을 그어 버렸다. 하지만 이미 늦어 버렸다. 다른 병사들이 소리를 듣고 몰려왔다. 그전에 은신마법으로 자리를 이탈했지만 더 이상 마법사 사냥은 불가능했다.

낌새를 알아차린 병사들이 다른 마법사들의 막사를 확인

했다. 비상나팔이 울리기 시작하면서 둘의 은밀한 임무는 종료됐다. 아직 몇 개를 더 털어야 했으나 어쩔 수 없었다. 그래도 소정의 목적은 달성했다.

이튿날, 제국군 진영은 초비상 사태였다. 예정한 시각에 소집된 마법병단은 18개 부대 중 고작 3개뿐이었다. 이 숫자로 왕국군 마법병단에 대적한다는 건 불가능했다.

그날 제국군 진영에서는 대참사가 벌어졌다. 하늘에서 쏟아지는 마법폭격에 속수무책으로 당해야만 했다. 막사와 병사들이 응집한 무리마다 비명 소리와 선혈이 난잡하게 튀었다.

"끄아악! 살려줘!"

"내, 내 팔이!"

"이건 악몽이야……."

무방비로 당해야만 하는 학살의 현장이었다.

그나마 있던 마법병단도 지휘관 막사 주위를 지키느라 여념이 없었다. 맞상대로 전체마법을 날리기는커녕 대다수의 병사들을 보호해 줄 처지도 아니었다.

왕국군 측에서 케터가 전사했던 것과는 차원이 다른 문제였다. 제국군은 기동을 중지하고 있었던 장갑기들까지 나서서 마법을 막는데 투입돼야 할 정도였다. 불덩어리와 얼음덩어리를 직격으로 받은 B급 다리스가 바닥에 주저앉기 일쑤였다.

라우도 게쉬발트에 탑승해 마법폭격을 막는데 참여했다.

[내일 문제는 다음에 생각해라! 장갑기 부대! 온몸으로 병사들을 보호해라!]

방어 마법 없이 통째로 맞이해야 하는 마법부대의 전체 마법은 무시무시했다. 게쉬발트의 튼튼한 몸으로도 정면으로 맞으면 위험할 지경이었다.

[비겁한 루티아르 놈들! 야밤에 마법사들만 노려서 기습을 하다니! 긍지도 없느냐!]

라우는 울분을 토해 냈다. 진짜 분하고 화가 나서 참을 수 없었다. 그때 암석덩어리가 게쉬발트의 머리에 부딪혔다.

콰직—!

게쉬발트의 머리가 뭉개지면서 바닥에 쓰러졌다. 겨우 게쉬발트에서 탈출한 라우는 부하들의 부축을 받고 지휘막사로 이동했다.

마법대전에서 비롯된 대참사로 제국군은 복구 불가능한 엄청난 손실을 입었다. 다음에는 이런 일이 없도록 마법사들을 잘 지켜야겠다는 교훈이 생겼지만, 당장 직면한 과제는 어찌할 도리가 없었다.

그날 밤, 라우는 지휘관들을 급히 중앙막사로 불러들였다. 그는 비장한 얼굴로 하나의 사항을 계속해서 강조했다. 제장에서부터 지휘관이 모두 반대했지만 라우의 의지를 꺾을 순 없었다.

날이 밝기가 무섭게 마지막 장갑기대전을 알리는 신호탄이 제국군 진영에서 발했다. 예정보다 빠른 신호에 미처 왕국군은 장갑기를 준비하지 못해 혼비백산이었다. 그러나 진짜 문제는 거기에 있지 않았다.

장갑기를 정면에 앞세워 제국군의 모든 병력이 진격해오고 있었다. 왕국군이 초비상 신호를 울리고 황급히 장갑기를 기동하기도 전에 제국군의 장갑기가 들이닥쳤다.

소식을 들은 로우는 황급히 메를리니의 안전부터 살폈다. 설사 이 전투에서 이기더라도 왕비를 잃으면 손해가 막심했다.

"왕비 마마, 되도록 이 막사에서 나오지 마십시오."

"저도 도울 수 있어요. 제 힘에 대해 아시잖아요."

"왕비 마마도 아시잖습니까. 마마의 존재는 단순히 사람 한 명의 가치가 아니란 것을."

"알겠어요. 당장은 나서지 않을게요. 상황을 보고 나설지 말지 결정할게요."

"그 상황이 없기를 바랍니다. 그럼."

로우는 정중히 인사하고 막사를 나섰다. 우선적으로 메를리니의 안전을 도모했으니 이젠 병사들의 정신을 일깨워줄 차례였다. 그는 힘찬 목소리로 외쳤다.

"제국군 놈들이 우리의 땅을 밟게 할 순 없다! 모두 불사항전의 의지로 싸워라! 루티아르에 영광 있기를!"

"와아아! 루티아르에 영광 있기를!"

"루티아르에 영광 있기를!"

그렇게 왕국군과 제국군은 최후의 전투를 개시했다. 이 전투에서 승리하는 쪽이 루티아르의 국운을 결정지을 지도 모를 중요한 순간이었다.

제국군 장갑기 다리스들은 가장 먼저 왕국군 마법사들의 막사를 날려 버렸다. 지난날 동포들을 무참하게 죽인 복수였다. 마력회복에 집중하고 있었던 마법사들은 뜬금없는 기습에 비명사하기 일쑤였다.

뒤늦게 전장에 합류한 왕국군 장갑기 자미달 부대가 다리스 부대와 대적했다. 여기저기에서 깡통 터지는 소리가 요란하게 울려 댔다.

라우의 게쉬발트도 머리 부분을 급하게 수리하고 왕국군 진영을 휩쓸었다. 자미달 두 기가 적 총사령관을 쓰러트리겠다는 의지로 달려들었다. 자미달의 도끼를 슥 피해 낸 게쉬발트는 랜스로 인정사정없이 상대를 날려 버렸다. 다른 한 기도 팔, 다리, 머리 순으로 구멍이 뚫려버렸다.

[오늘이야말로 인간된 도리를 모르는 왕국군 놈들에게 세상의 정의가 무엇인지 일깨워 주리라!]

프로탄트 한 기가 덤볐다.

[헛소리는 저세상에서 지껄여라!]

[헛소리라고? 크큭! 가소로운 놈들투성이구나!]

게쉬발트는 프로탄트의 일격을 정면에서 그대로 받아주었다. 위에서부터 찍어눌러왔지만 힘에서 밀리진 않았다. 오히려 아래에서부터 위로 올리더니 튕겨 내 버렸다. 주춤하는 프로탄트의 머리에 랜스의 날카로운 모서리가 박혔다.

[하늘은 우리 편이다! 이 기세로 루티아르의 양아치 놈들을 모두 죽여라!]

라우의 목소리가 쩌렁하고 전장을 압도했다. 게쉬발트가 랜스를 높이 치켜들고 기세를 올리자, 어제까지만 해도 공포에 사로잡혀 있었던 제국군 병사들의 사기가 솟아올랐다.

그 모습을 멀리서 지켜보고 있었던 르나이아가는 언제 나설지 고민 중이었다.

콩이 말했다.

"돕지 않아도 괜찮아요?"

"너도 알잖아. 숫자가 너무 많아. 나 혼자가 나서서 뭔가를 뒤흔들 싸움이 아니야. 아으. 그렇다고 안 도와줄 수도 없고 말이지."

"한 가지 방법은 있어요. 상당히 힘겨운 방법이리라 봅니다만."

"그게 뭔데?"

"저기 보이시죠? 칠흑으로 도배된 장갑기요. 제국군 선두에서 날뛰고 있는 녀석이요."

"왕국군 장갑기들을 무슨 장난감처럼 망가트리고 있는 놈 말이야?"

"네. 지휘관 깃을 달고 있는 저 장갑기는 제국 A급 마나기어 게쉬발트. 즉, 군신이라고 불리는 남자가 타고 있는 장갑기일 거예요. 저걸 제압 가능하다면 총사령관을 붙잡아서 전황을 거의 뒤집을 수 있어요. 저들의 돌파력이나 기세도 저 게쉬발트의 대활약 덕분이니까요."

"군신이라, 확실히 괴물은 괴물이구만. 케터를 일기토로 쓰러트렸다는 이야기도 믿기 힘들었는데. 장갑기를 타니까 완전 무쌍이잖아."

"저 정도의 지휘관이 정면에 나서서 군을 이끌면 병사들의 기세도 오르기 마련이죠. 거기다 기습에 따른 상승효과. 저 자를 이대로 놔둔다면 이 전투, 루티아르가 패배할 거예요."

"과연. 일리 있는 말이야. 문제는 저 괴물을 어떻게 쓰러 트리냐는 건데. 내 공격으로도 저 철갑은 뚫지 못할 것 같 고. 혹시 무슨 방법이라도 있어?"

콩은 주먹을 쥐었다 폈다 했다. 손에서 마력의 기운이 스르르 나타났다 사라졌다 반복됐다.

"제 마력도 안정치는 않아요. 다만 가장 중요한 건 이곳 이 1:1 대련장이 아니라 전쟁터란 사실이에요. 언제 어디 서 적군이 튀어나와도 모를 난잡한 싸움터. 그렇기에 알면 서도 대처할 수 없는 장소죠."

콩의 말대로였다.

장갑기라서 공격을 휘두를 때마다 병사들이 뭉텅이로 날 아가는 이점이 존재했지만, 동시에 덩치가 커서 표적이 집 중되는 것도 분명했다. 사방이 적인 곳에서 수많은 적들에 게 노출돼 있었다.

콩은 르나이아가에게 속삭이듯 작전을 설명해 주었다. 르나이아가는 콩이 말한 작전에 따르기로 했다. 적으로 마 주했을 땐 몰랐는데 아군으로 함께하니 머리도 제법 좋은 꼬마였다. 신탑 요네룬의 천재란 단지 마법실력만 뛰어나서 되는 게 아니지 싶었다.

"제가 말한 위치로 신속하게 이동해 주세요."

"알겠어."

르나이아가의 신속이 빛을 발했다. 난잡한 전장을 누비는 동안 아무런 제지도 받지 않았다. 그는 콩을 등에 업고서 지정된 위치로 이동했다. 순차적으로 위치에 도착할 때마다 콩이 약식의 주문을 읊고 뭔가를 지면에 박았다.

"이제부터는 당신의 기량이 승부를 결정 낼 거예요. 보조마법도 걸어드릴게요."

콩이 손짓하자 르나이아가의 몸에 바람의 기운이 감돌았다. 한층 몸이 가벼워진 기분이었다.

"휘오. 이 상태면 그냥 싸워도 이길 것 같은걸!"

몸놀림이 전에 없이 빨라졌다. 르나이아가는 근처 막사를 밟고 그대로 게쉬발트 위로 뛰어들었다.

쾅—!

강렬한 발차기가 게쉬발트의 안면에 꽂혔다. 그걸 시작으로 게쉬발트의 시야에 르나이아가가 포착됐다.

[얀볼안을 꺾었던 놈이로군. 하나 인간의 몸으로 어찌할수 있는 레벨이 아니다. A급 마나기어 게쉬발트에게는 모기가 문 정도일 뿐.]

"그건 해 봐야 알겠지."

[네놈만큼은 내 마상에서 처치하고 싶었지만 상황이 여의치 않으니 이해하도록.]

게쉬발트가 랜스를 찔러 넣었다. 쾌속 찌르기에, 르나이아가는 한 끗 차이로 겨우 피해 냈다. 뒤편에 있던 막사가 통째로 날아갈 정도의 강력한 일격이었다.

"휘오. 보기와 달리 빠른걸."

[감탄을 내쉴 여유는 없을 텐데!]

창격이 연속적으로 들어왔다. 한 방만 맞아도 아프다는 단어로 끝나지 않았다. 일격으로 장갑기의 갑주를 분쇄해 버릴 파괴력이었다. 르나이아가가 피해서 지면에 헛손질을 할 때면 땅바닥이 움푹 파이다 못해 무너질 것 같았다.

[요리조리 잘도 피하는구나.]

"헷. 그러게."

둘의 싸움이 지속되는 동안에도 주변 왕국군의 피해는 누적되고 있었다. 라우가 르나이아가에게 정신이 팔렸음에도 제국군의 기세는 줄어들지 않았다. 콩이 소량의 마력이나마 보탬이 되고자 지원했지만 중과부적이었다.

콩은 슥 르나이아가 쪽을 바라봤다. 역전의 발로는 르나이아가와 라우의 승부였다.

르나이아가는 게쉬발트의 공격을 요리조리 피하면서 몇 번이고 반격도 가했다. 물론 르나이아가의 주먹 따위라는 듯 게쉬발트에게는 전혀 효과가 없었다.

그때였다.

르나이아가의 뒤쪽 너머에서 싸우고 있었던 제국 장갑기 다리스가 알 수 없는 폭발에 휩싸여 쓰러졌다.

게쉬발트가 멈칫했다.

[마법함정를 설치한 건가? 설마 이놈, 나를 유인할 셈이었나?]

"쳇. 운도 좋구만."

[건방진 놈! 나를 뭐로 보고 잔꾀를!]

흥분한 듯 흥분하지 않았다. 오히려 더욱 날카로워졌다. 게쉬발트는 르나이아가의 움직임을 예측하여 랜스를 찔러 넣었다.

콰직—!

르나이아가의 복부에 랜스의 끄트머리가 박혔다. 동시에 르나이아가가 양손으로 랜스를 붙잡았지만 위력을 조금 줄이는데 그쳤다.

"커억!"

르나이아가의 전신이 붕 떠 버렸다. 저 멀리까지 날아가

곤두박질쳤다. 그나마 막사 위로 떨어진 덕에 낙하충격이
감소됐다.

"하아…… 하아…… 미친 파괴력…… 하아……."

쿵. 쿵. 쿵—

게쉬발트가 무거운 발을 디디며 다가오고 있는 게 보였
다. 르나이아가는 눈을 깜박이면서 겨우 정신을 챙겼다. 배
가 붉게 물들고 있었다. 제대로 몸을 가누기도 힘들었다.
그렇다고 가만히 당할 순 없었다.

라우의 의기양양한 목소리가 흘러나왔다.

[네놈의 운이야말로 이제 끝이구나.]

"하아…… 과연…… 그럴까?"

르나이아가는 힘겹게 뒷걸음질 쳤다. 그가 한 걸음을 내
디딜 때마다 게쉬발트도 여유를 부리듯한 발자국을 옮겼
다. 둘의 격차는 빠르게 좁혀졌다.

[아쉽군. 더 놀아주고 싶다만, 슬슬 이 전쟁도 끝을 내야
해서 말이지.]

"하아…… 뻔히 유인이나 당하는 주제에, 쿨럭. 하아……
말은 잘하시는구만."

[……]

"말이 없는 거 보니 정곡이었나……?"

[편히 죽여주려 했더니 명을 재촉하는구나!]

게쉬발트가 성난 들소처럼 르나이아가에게 달려들었다. 르나이아가와의 거리는 불과 몇 걸음. 그 순간, 게쉬발트가 밟은 지면에서 휘황찬란한 빛 덩어리가 폭발했다. 게쉬발트의 거대한 몸체가 붕 떠버릴 정도의 파괴력이었다.

다리 한 짝이 날아간 것도 모자라 게쉬발트가 바닥에 고꾸라지면서 탑승하고 있었던 라우도 충격으로 정신을 잃고 말았다.

르나이아가는 무거운 몸을 이끌고 게쉬발트의 해치를 열어젖혔다. 머리에서 피가 흐르고 있는 라우를 끌어내리고 포박을 하려다가 힘이 빠졌는지 털썩 주저앉았다.

콩이 얼른 달려와 마법으로 만든 포승줄로 라우의 몸을 봉했다. 그리고 확성 마법을 이용해 전쟁터의 모든 이들에게 알렸다. 제국 총사령관 라우 제노스를 붙잡았다고.

\*        \*        \*

붉은 왕비 메를리니의 등장으로 한 치 앞을 볼 수 없었던 북부 아리할 대평원 전투가 막바지에 다다르고 있는 가운데. 루티아르 동쪽 바다에서도 치열한 해전이 한창이었다.

루티아르 동북부 아르카 해역과 동남부 랑기레 해역이
해전의 주요 무대였다.

다이헤르 제국 함대는 두 개의 해역을 모두 뚫어야 안정
적으로 해안에 상륙해서 지상전을 펼칠 수 있으리라 판단
했다.

그건 루티아르 왕국 함대도 마찬가지였다. 두 해역을 모
두 완벽히 막아야만 전체적인 해전의 그림이 만들어질 것
이라고 여겼다.

서로 약속한 것도 아닌데, 이해 심리에 이끌려 각국의 함
대는 크게 두 부대로 나누어 각각 두 해역에서 대치했다.

동남부 랑기레 해역을 수비하고 있었던 라이벨은 그다지
해전에 능숙한 인물은 아니었다. 자신이 용병술이나 전체
적인 판을 보는 능력이 뛰어나단 자부심은 있었다. 동시에
스스로 해상전의 미숙함을 인정했다.

라이벨은 망원경으로 적 함대의 동태를 슥 살펴보고는
머쓱히 미소 지었다.

"역시 보통 놈들은 아니로군. 오르카, 적 함대의 동태는?"

"두어 번 접전을 해서 그런지 당분간은 경계만 할 생각
인 듯싶습니다."

오르카 포르키트는 라이벨이 해전을 위해 데려온 실력자

였다. 원래는 남부 해안 끄트머리에서 해군을 지휘하던 사내였는데, 라이벨의 눈에 들어 부하로 합류한 바 있었다. 당시 라이벨은 언제고 해전을 하게 될 날이 올 것 같았고, 실제로 그 일이 일어났다.

랑기레 해역에서 제국 해군과 벌인 소규모 대전에서도 오르카의 전략전술이 빛을 발했다.

라이벨은 남자답게 인정했다. 그는 평소 자신의 성격답지 않게 오르카에게 공손하고 다정하게 대우해 주는 것도 잊지 않았다. 유리 그림자 산맥에서의 패망을 계기로 변화한 것이다.

"그나저나 의외로 전황이 나쁘지는 않군."

"아직 장담하기엔 이릅니다. 지금까지는 기껏해야 열 척 내외로 벌이진 소규모 탐색전이었으니까요."

"확실히 자네 말대로야. 바람의 재상은 거듭 조심할 필요는 있지."

라이벨은 언제 어느 때라도 불만 없이 의견을 수렴하는 자세를 견고히 했다. 그만큼 이번 해전은 그에게 남다른 가치가 있었다. 단순히 승리만 해서는 안 됐다. 분명한 재기의 발판, 더 나아가, 후작, 공작이 될 길을 닦을 중요한 결전이었다.

오르카의 조언에 따라 라이벨의 함대는 진형을 변화시켰다. 그 틈을 타 치고 들어온 제국 함대와 짧은 교전이 펼쳐졌다. 이튿날에는 보다 규모가 큰 전투가 벌어져 라이벨을 다소 긴장케 만들었다.

그래도 패배보다는 승리에 가까운 전적이 계속 쌓여 갔다. 레인이 이끄는 제국 함대는 필요 이상으로 무리수만을 두고 있었다.

라이벨이 턱을 괴며 말했다.

"아무리 내가 해전에 무지할지언정 놈들이 일부러 우리를 자만에 빠트리려 한단 것쯤은 알겠군. 누구를 멍청이로 아는 건가, 레인 디너즈는."

"백작님의 말씀대로 저들의 목적은 그런 것 같습니다."

"무리는 일체 하지 말고 천천히 적들을 제압해 나간다. 어차피 시간은 방어하는 우리에게 있으니까."

라이벨은 무리하지 않고 신중에 신중을 기했다. 그리하면 필승할 거란 확신이 있었다. 그러나 그것조차 자만이었음을 그는 미처 깨닫지 못했다.

그쯤 제국 함대가 수적 우세를 앞세워 일렬진을 구사했다. 한 줄로 쭉 늘어선 진형으로 하여금 정면에 보이는 시야를 모두 가려버렸다.

　　　　*　　　*　　　*

　라이벨이 해전의 승리를 자신하고 있을 즈음.

　루티아르 동북쪽 아르카 해역에서의 판도도 예사롭지 않았다.

　왕국 해군의 총사령관 잭스 도크 후작의 기질이 문제였다. 그가 전쟁을 고급 스포츠 정도로 여기고 있음이 곧 드러났다. 그는 자신의 권한을 남용하며 총사령관 역할에 도취해 있었다.

　라이벨과 달리 잭스는 신중하다는 의미를 쓰레기통에 내버린 지 오래였다. 레인이 바람의 재상이라고 불리면서 공포의 대상으로 등극하고 있음을 전혀 두려워하지 않았다.

　그 성향이 지난날, 전쟁 직전에 제국의 서쪽 항구들을 선공하자는 주장으로 이어진 것이었다. 그는 지금도 마음 내키는 대로 함대를 나누거나, 기습공격을 감행하기도 하는 등 쓸데없이 위험을 자초했다.

　하나 실제로 잭스의 해전 용병술만큼은 또 뛰어나서 어찌어찌 승리는 거뒀다. 소규모 전투에서 제국 선단을 거듭 패배시켰다. 그건 잭스를 자극하기 위한 제국의 기만전술도 뭣도 아니었다. 제국 해군으로선 이기고 싶은데 이기지 못한 것이었다.

"하하하! 오합지졸들만 모아 놓은 게 다이헤르 해군이구나!"

잭스의 오만함은 하늘을 찔렀다.

원래 해전에 자신감이 충만했거니와 예상보다도 제국군은 약했다. 어디에나 구멍이 존재하듯 레인이 남쪽 랑기레 해역으로 향하면서 아르카 해역에 남겨 놓은 선단의 지휘관이 잭스보다 몇 수는 아래였다.

"자아! 진격이다! 단숨에 제국의 졸개들을 전멸시키도록!"

잭스가 이끄는 해군은 파죽지세로 밀고 들어갔다. 그들을 막을 장애물은 아무것도 없었다.

제국군은 진정 오합지졸에 가까웠다. 한차례 큰 대전을 거치고 상당한 피해와 함께 제국 함대는 뒤로 멀찍이 후퇴했다.

대승을 거두고 잭스의 흥분은 쉬이 사라지지 않았다. 승리를 향한 열망과 영광이 그의 마음을 흠씬 적셨다.

그날 밤, 잭스는 승전을 기리며 술자리를 마련했다.

"마셔라! 오늘의 승리를 자축하자!"

잭스의 목소리는 크고 힘찼다. 그의 자신감을 단면적으

로 보여 주는 예였다.

"아예 내일 승부를 내버리자꾸나! 하하하!"

술자리는 점점 무르익어갔다.

잭스는 자신을 지지하는 14명의 수하들을 불러들였다. 오랫동안 잭스를 받쳐왔지만 기사나 귀족의 작위를 받지는 못한 인물들이었다. 왕제 전쟁이 있기 전, 소규모 해전에서 꽤 활약했었지만 그것만으로는 영 기회가 나지 않았었다.

"오늘부로 너희들은 나, 잭스 도크를 비호할 왕국의 자랑스러운 기사들이다."

그들 모두에게 기사 작위를 수여하는 여유였다. 잭스는 이번 전쟁을 자신의 무용을 떨칠 화려한 무대 정도라고만 생각했다.

그저 하나의 역사적 계기일 뿐 그 이상도 이하도 없었다. 그는 심지어 로우 르 포르테 공작이 제국군에게 패배하길 바라기까지 했다.

포르테 공작이 전투 중 전사까지 해 준다면, 금상첨화라는 생각을 품고 있었다. 그 빈자리를, 이번 전쟁의 최고 일등공신인 자신이 차지할 셈이었다. 그리고 더 나아가 왕국 최고의 권력자가 되는 것도 꿈꾸고 있었다.

"크크큭. 기분 좋은 밤이로구나."

"후작님, 흥에 취하시는 것도 좋지만, 아직 전쟁은 끝나지 않았습니다. 내일 전투에서 제국 해군을 격퇴하신 다음도 늦지는 않으리라 사료됩니다."

잭스의 충성스러운 수족인 겔트 모라스 자작은 잭스의 자만이 걱정되었다. 아무리 그래도 상대는 다이헤르 제국의 해군이었다. 하물며 지금 대적하고 있는 제국 해군은 바람의 재상이 빠진 빈껍데기가 아니던가.

"자네는 걱정이 많아서 탈이야. 사실 레인인가 하는 놈도 별거 아니란 말이지. 소문은 늘 과장되는 법이거든. 솔직히 라이벨 같은 해전의 해 자도 모르는 자에게 고전하고 있는 놈을 두려워해야 쓰겠나?"

"전황은 어찌 바뀔지 아무도 모릅니다. 바람의 방향이 언제 돌변할지도 모르는 일. 해전에서는 항시 방심은 금물이란 걸 잘 아시지 않습니까?"

"괜찮아. 괜찮아. 어차피 제국군은 급하게 병력만 빵튀기한 허수아비들뿐이야."

좀처럼 잭스는 겔트의 말을 귀담아듣지 않았다. 해전은 물론 지상전까지 모두 제압하겠다며 자신감이 충만했다. 이대로 제국 해군을 압도한 뒤, 해안선을 따라 올라가 제국 육군의 후미를 치겠다는 욕망으로 가득 차 있었다.

그러나 새벽 무렵, 술에 만취한 왕국군은 불시의 재앙을 맞이했다.

전혀 방비가 안 돼 있던 남쪽에서 밤을 틈타 의문의 배들이 접근해 왔다. 너무 작아서 왕국군 전함에선 눈치채지 못했다. 특히 술에 빠져 제대로 경계를 서지도 못했으니 당연하다면 당연한 결과였다.

제국군 화공선들은 왕국군 전함 틈바구니로 손쉽게 진입했다. 화공선에 타고 있었던 제국군 병사들은 조심스럽게 왕국군 함선들로 올라탔다. 거의 모든 인원이 넘어간 뒤, 화공선에 실었던 폭탄이 터졌다.

콰과광—!

천둥소리 같은 폭발음이 새벽 바다를 울렸다. 삽시간에 후미가 당하거나 불길이 붙어 왕국군 함대는 혼비백산이었다.

술이 가장 큰 문제였다. 제국군도 그냥 적당히 피해만 주고 나올 계산이었는데, 우연찮게 만취한 적들을 보고 희열이 벅차올랐다.

"모두 쓸어버려라!"

"가자! 다이헤르 제국에 승리가 있으리라!"

난장판이다 못해 끔찍한 아수라장이 펼쳐졌다.

불길은 강한 바람을 타고 급속히 퍼지며 확산됐다. 왕국군 함대는 불길을 피하느라 뿔뿔이 흩어져서 전투 대형이 와해되었다. 워낙 바람이 거센 터라 다시 모이기도 힘들었다.

"바람이 돕는군."

잠입부대를 지휘하는 자는 다름 아닌 바람기사단 단장 란 콘라드였다. 그는 적들의 상태를 보고 이것은 천재일우의 기회라고 판단했다. 원래 작전은 적당히 혼란만 주고 돌아가는 거였지만 즉시 총공세의 신호를 알렸다. 새카만 하늘 위로 붉은 신호탄이 세 번 연달아 번쩍거렸다.

"자, 그럼 북쪽 방면 본군이 올 때까지 버텨볼까."

란의 실력은 예사 것이 아니었다. 배의 흔들림이나 깜깜한 밤이라든가, 그런 건 전혀 걸림돌이 되지 않았다. 상황에 맞춘 천재적인 검술로 왕국군 병사들을 쓰러트려 나갔다.

"이대로만 계속된다면 어디, 음? 저건 설마…… 하, 대어로군!"

란의 시야에 황급히 도망치고 있는 잭스의 모습이 포착됐다. 총사령관을 붙잡거나 죽이면 승리는 확정적이었다. 란은 앞을 막아서는 적병들을 가볍게 쓰러트리며 잭스가 있는 곳으로 달려갔다. 그런 그를 잭스의 장남 게리슈 도크가 제지했다.

"아버지! 이 틈을 타 도망가십시오!"

"도크 후작의 아들인가."

"그렇다. 얼굴에 큰 흉터…… 네놈이 소문의 란 콘라드로구나."

"알아봐주니 영광이로군. 아쉽지만 도크 가문의 미래 정도로 만족할까."

"무슨 헛소…… 꺼억……."

란의 비정한 칼날이 게리슈의 목을 접수했다. 그쯤 하이든 백작이 이끄는 제국 해군이 들이닥쳤다.

속수무책으로 당하는 거 외에 왕국 해군이 고를 수 있는 선택지는 없었다. 야밤 기습에 화공이 더해진 피해만으로도 엄청났다. 더욱이 승리를 자축하느라 제대로 방비도 못했으니 사상자는 셀 수 없이 많았다.

배 위로 올라왔던 란의 별동대가 화공선의 불길을 재차 다른 배로 옮긴 것도 큰 수완이었다. 마지막으로 하이든 백작의 본군이 참전함으로써 도크 후작이 이끄는 왕국군은 복구 불가능의 타격을 입고 말았다.

불과 몇 시간 전까지만 해도 루티아르 해군은 승리에 근접해 있었다. 그러나 단 몇 개의 수레바퀴가 맞물리면서 재앙에 가까운 패배로 끝이 나버렸다.

정작 전략을 세운 레인조차도 이 의외의 대성과에 놀라

울 따름이었다. 그의 계획은 어디까지나 라이벨과 대치하는 가운데, 일부 병력을 북쪽으로 돌려서 하이든 백작을 지원하는 정도였다. 설마 잭스가 자아도취에 빠져 허우적대고 있을 줄은 꿈에도 몰랐다.

결국 잭스 도크 후작은 아르카 해역에서 우세를 점했었던 결과를 송두리째 잃어버린 채, 대패의 오명만을 안고 퇴각하기에 이르렀다.

한편 남쪽 랑기레 해역에 주둔 중이었던 라이벨도 그 비고를 접했다. 그는 이 어이없는 사태에 어안이 다 벙벙했다.

"믿을 수 없는 상황이군······."

"잭스 도크 후작님의 자만이 낳은······ 안타까운 결과입니다."

"아니. 오르카, 그뿐만 아니다. 우리 또한 신중에 신중을 기하고 있다는 것에, 스스로 자만하고 있었던 걸지도 몰라. 레인이 다른 생각을 못 하도록 계속 맹공을 가했어야 했다. 제길······."

"자책하지 마십시오. 지금은 후일만을 생각하셔야 합니다. 도크 후작님이 이끌었던 동북부 해군은 사실상 와해 상태일 겁니다. 충분한 대처를 준비하셔야 합니다."

"으으······."

라이벨은 미칠 지경이었다.

이제는 전략이나 전술 따위 없는 난전일 게 불 보듯 뻔했다. 지금의 제국 해군은 수적 우세도 갖췄으며, 대승을 거둔 덕에 사기도 하늘을 찌를 기세였다. 신중 따위 버려야 했다. 불사항전의 마음가짐만이 필요한 시점이었다. 하나 전세는 이미 기울어버릴 대로 기울어져 있었다.

라이벨은 고군분투하자는 의지를 다졌으나, 역부족일 거란 생각은 지우지 못했다.

"오르카, 지금부터 어찌하는 게 최선이지?"

"선택하셔야 합니다. 끝까지 남아서 항전하실 것인지, 후퇴하실 것인지."

"후퇴하면 이길 수 있나?"

오르카는 한숨을 내쉬며 고개를 흔들었다.

"적의 기세는 더욱 거세질 것이니, 그때부터는 더 이상의 해전은 무의미합니다. 차라리 병사들을 상륙시키고 선틀 백작님과 함께 저들의 상륙을 저지하는 길이 좋지 않을는지……."

"참으로 처량한 작전이군. 크큭. 문득 유리 그림자 산맥에서 있었던 일이 떠오르는군. 그때 어떤 건방진 여자에게 이런 말을 들었었지. '광하의 백작이라는 별명이 빛의 속도로 도망친다는 뜻이냐' 라고."

"……."

"자네의 후퇴 계획에 따른다면, 무엇이 됐든 '최대한 빨리' 해야 한다는 전제가 깔리겠지. 그렇다면 선택은 결정됐군. 나 하나의 잘못된 선택으로 수많은 병사들이 목숨을 잃게 되겠지만…… 그룬디에의 부대와 합세한다 하더라도 해전만큼 저들의 피해를 극대화시키진 못할 것이다. 그렇지 않나?"

"……예. 그렇습니다."

"이기지 못할지언정, 최대한 피해를 주는 걸 목표로 하겠다. 그리고 이왕 광하의 백작이라고 불릴 거라면 말이야. 공격이 빨라서란 게 낫지 않겠나. 크큭."

라이벨은 늘 마시던 와인을 잔에 따라서 슄 들이켰다. 오늘따라 와인이 쓰면서도 한편으로는 달콤했다. 어쩌면 마지막으로 마시게 될 와인의 맛은 그랬다.

그쯤 제국 해군이 여세를 몰아 밀려들어오는 게 망원경에 포착됐다. 북쪽과 동쪽 정면에서 일제히 포위하는 진형을 유지하고 천천히 거리를 좁혀 왔다. 수적으로도 열세였던 라이벨군은 백병전은 꿈도 못 꿨다. 물살에 몸을 맡기며 함포 사격을 개시했다.

그나마 진형을 짜고 기다리고 있었기에 유리한 고지임은 분명했다. 함포를 이용한 선 공격이 가능하다는 이점을 최대한 활용했다. 먼저 공격을 받느라 상당수의 배를 잃은 제국 해군도 맞대응 사격을 시작했다.

양쪽에서 요란한 대포소리가 계속됐다.

바닷물 위로 부서진 배들의 조각이 둥둥 떠다녔고, 영혼을 잃은 시체들도 무수히 많았다. 때로 죽은 동료의 시체를 끌어안고 오열하는 병사들의 모습도 보였다. 그야말로 전쟁이 낳은 비극의 현장이었다.

"함포 사격을 멈추지 마라! 제국의 떨거지들을 접근시키지 마라!"

라이벨은 필사적으로 항쟁했다.

상대적으로 규모가 작은 함선들로 구성된 제국군의 배들은 애초에 함포 대전에서 불리한 입장이었다. 도크 후작의 함대를 쓰러트렸을 때처럼 접근해서 백병전으로 몰아가는 게 주요 전술이었다.

이번에도 작은 만큼 빠른 속도로 왕국군 함대에 밀착하려고 돌진해 왔다. 마침 바람도 제국군을 도왔다. 함포 사격을 요리조리 피하면서 점점 가까워졌다.

하나둘 제국군의 배가 왕국군 전함들에 달라붙었다. 비

로소 수적 우세로 하여금 동등한 조건에서 싸울 수 있게 된 것이다. 동시에 왕국군 함대의 사기는 땅에 떨어지다 못해 바다로 잠수해버릴 지경이었다.

"제국 놈들이 넘어오지 못하게 해라!"

"막아라!"

"망할 왕국군 놈들!"

"승리는 우리 제국의 것이다!"

한 번 허용하니 뒤이어 대부분의 배에서 선상전이 시작됐다.

피 튀기는 난전 속에서도 유독 빛을 발하는 부대가 더러 있었다. 라이벨이 수년간 키워온 직속부대는 물 만난 고기처럼 뛰어난 솜씨로 적들을 도륙했다. 그들은 주군인 광하의 백작의 이름을 걸고 전장을 종횡무진 했다.

그중에서도 가장 강한 축에 속하는 검은 깃털 피로조 기사단의 용맹이 대단했다. 지난날, 유리 그림자 산맥에서 르나이아가에게 당했던 아마딘과 테르의 빈자리를 메운 새 대장 조이드가 대표적인 실력자였다.

조이드는 힘의 아마딘, 속도의 테르라고 불렸던 둘의 장점을 고루 갖춘 기사였다. 그는 정면에서 치고 들어오는 제국 병사들을 주저 없이 베어 나갔다. 어찌나 검술이 빠르던

지 제국 병사들은 자기가 왜 죽었는지 미처 인지하지도 못했다.

"봐라! 제국 놈들도 별거 아니다! 백병전은 오히려 우리가 더 바랐다는 걸 놈들에게 일깨워줘라! 피로조 기사단! 계속 돌격해라!"

조이드의 용맹에 힘입어 피로조 기사단은 거침없이 제국군을 밀어내버렸다. 그들의 활약으로 왕국군의 사기도 한층 올라가는 분위기였다.

괴물이 등장하기 전까지는 그랬다.

조이드는 순간 멍하니 상황을 쳐다봤다. 별안간에 거대한 회오리바람이 생겨난 것도 어이없는데, 그게 하늘을 바라보고 있지를 않았다. 회오리바람이 정면을 향해 치고 들어오더니 피로조 기사단과 왕국군 병사들을 저 멀리로 날려 버리는 게 아닌가.

꿀꺽, 저도 모르게 침이 넘어갔다.

"마법……? 설마 소문으로만 들어온 바람의 재상인가……? 크흡, 뭐가 됐든 그냥 놔둘 수는 없겠군."

조이드는 빠른 속도로 제국군 병사들 틈으로 파고들었다. 베고 또 베고, 죽이고 또 죽이다 보니 어느새 회오리바람의 근원지에 도달했다. 쌍검을 든 검은 갑옷의 사내가 조이드의 눈에 들어왔다.

"역시 바람의 재상이었나."

조이드의 입가에 씩 미소가 어렸다. 단숨에 바람의 재상을 베어 버리고 이 전쟁의 흐름을 돌릴 셈이었다. 그러나 그게 헛된 망상이었음을 금방 깨달아버렸다.

레인이 마주 싱긋 웃는 걸 직면한 조이드는 움찔하며 멈춰 섰다. 본능이 이건 아니라고 외치고 있었다.

"괴물이라도 본 표정이로군."

"……."

"어디 보자, 명단에서 본 기억이 있는데…… 아, 그래, 조이드 렌팔라. 광하의 백작이 아끼는 기사였지 아마?"

"……전장에서 여유를 부리지 마라!"

조이드의 맹공이 바람을 가르듯 계속됐지만 단 한 번도 레인에게 유효타를 주지 못했다. 명백한 실력 차이. 아니, 이건 단순히 수준 차이라는 말로는 설명이 불가했다.

"젠장! 무슨 잔재주를 부리는 것이냐?!"

"조이드 렌팔라, 대부분의 기사들은 실력이란 기준을 단순히 무예의 정도로 논하곤 하지. 아무래도 자네도 그런 것 같군."

"무슨 헛소리냐!"

조이드의 필사적인 공격은 계속 한 끗 차이로 빗나갔다. 딱히 레인의 몸놀림이 조이드보다 빠른 것도 아니었다. 의문을 품으면서도 조이드는 단순공격만을 일관했다.

레인이 실실 웃는 면상으로 말을 이어갔다.

"바람이란 무엇인가. 그 점을 간과하는 한 자네에게는 승산이 0%라네."

"이 같잖은 자식이!"

"아쉽군. 자네 정도의 수준이라면 눈치챌 줄 알았는데. 나도 시간이 많진 않으니 이만 끝내도록 하지."

레인은 한쪽 검으로 조이드의 검을 튕겨 내고는 다른 한쪽을 휘둘렀다. 본능에 가까운 직감으로 조이드는 기적적으로 공격을 피해 냈다. 조금만 더 들어왔으면 목이 베였을 거라 생각하니 식은땀이 다 났다.

다시 자세를 되잡고 공격을 감행하려다가 털썩 주저앉았다. 목소리가 잘 나오지 않았다. 목에서부터 핏물이 흘러내렸다.

"……"

"바람의 쌍검은 기류를 머금은 칼날. 통상의 싸움으로 치부해선 안 된다네."

레인은 숨을 거둔 조이드를 지나쳐 쌍검을 허공에 내저

었다.

휘오오오—

거대한 회오리바람 여러 개가 자아내는 아찔한 광경이 연출되었다. 찢어지는 오열처럼 기괴한 소리를 내는 거친 바람의 원 속에서 병사들의 외침도, 비명도 모두 묻혀버렸다.

오로지 폭풍의 중심부만 고요하듯 잔잔한 기류였다. 그 안에서 적군의 총사령관을 노리며 달려들었던 피로조 기사단의 생명도 하나둘 꺼져갔다.

*　　　*　　　*

끝내 라이벨이 이끄는 왕국군은 물밀듯이 밀려오는 제국군을 막지 못하고 후퇴에 후퇴를 거듭했다. 임전무퇴를 외쳤던 라이벨이었지만 병사들이 무의미한 개죽음을 맞이하는 것만은 피하고 싶었다. 병사와 배만 남아 있다면 2차전을 노릴 수 있다는 판단이었다.

"한 번 더 해전을 펼칠 만한 병력은 된다. 조이드도 전사하고 많은 병사들을 잃었지만 이대로 포기하지는 않겠다."

라이벨은 마지막 결전을 각오했다. 그는 특유의 기지를 발휘해 전열을 가다듬고 기적적으로 함대를 재정비하는데

성공했다. 그의 절실한 책임감과 지휘를 바탕으로 어느 정
도 전황이 달라지는 듯했다.

하지만 현실적으로는 수적 우위를 등에 업은 제국군 함
대가 유리한 고지를 점하고 있었다. 제국군 함대는 이 여세
를 몰아 왕국군 잔존 함대를 압박해 왔다. 양측은 탄환이
바닥날 때까지 교전을 계속했다.

슬슬 제국군이 백병전으로 몰아가려는 때에 바람의 방향
이 바뀌었다. 거세게 부는 남풍이었다. 라이벨의 왕국군 함
대는 항로를 벗어나 남쪽으로 밀려갔다. 얼마 없던 전함도
이리저리 흩어져 버렸다.

"젠장…… 신은 우리를 버릴 것인가……."

라이벨은 쓴웃음을 지었다.

차라리 백병전으로 가서 한 명이라도 더 쓰러트린다면
나았다. 가뜩이나 적었던 전력이 뿔뿔이 나눠지면서 큰 난
항에 직면했다.

"정녕 이렇게 끝이란 말인가……."

남쪽으로, 남쪽으로 쭉쭉 떠내려갔다. 라이벨 함대는 풍
랑에 밀려 한참 동안 고전을 면치 못했다. 겨우 한숨 돌렸
다고 생각했을 땐 레인이 이끄는 제국군 함대가 뒤쫓아 와
있었다.

라이벨은 혀를 찼다.

"어지간히 지독한 놈이로군. 우리의 씨를 말려버릴 셈인가."

와해되고 남은 몇 척의 함선으로 제국의 대선단을 상대한다는 건 꿈에서도 불가능한 이야기였다. 마른하늘에 낙뢰가 쳐준다든가, 운석이라도 떨어져준다면 모를까.

"크큭, 나도 참. 기적이나 바라다니. 광하의 백작이라는 명성이 웃겠군."

최후의 결전을 앞두고 오만 가지 생각이 들었다. 죽이고 죽는 전장은 수없이 헤쳐 왔거늘, 어울리지 않게 상념이 많았다.

적선들과의 거리가 점점 좁혀졌다.

도망칠 수 없다고 결정이 나니 모든 응어리가 떨어져 나간 듯 홀가분했다. 이내 라이벨은 최후의 결단을 내렸다. 작전은 단순했다. 남은 함선의 모든 병력을 라이벨이 있는 기함으로 옮겨 태우는 것이었다.

제국군이 힘들게 추격해 온 것도, 굳이 지금에까지 함포가 아닌 백병전을 추구하는 것도, 그들의 목적이 뚜렷하기 때문이었다. 왕국 해군의 사령관 라이벨 데 포이트라 백작을 생포하거나 시신을 챙겨서 아군의 사기를 늘리려는 속

셈이었다.

"오르카, 자네는 소형선으로 대피하도록. 이 사실을 그룬디에에게 알려야 해."

"차라리 백작님께서 가십시오. 제가 남겠습니다. 백작님이 붙잡히거나 당하시면 전쟁의 흐름에도 큰 영향이 미칩니다."

"도망치는 지휘관을 보면서 누가 불사항전으로 싸우겠나. 그리고 돌이켜 보면 참, 나도 도망과 재기만을 바라 왔던 것 같아. 나는 이곳에 마지막 흔적을 남길 생각이다. 자네는 다음으로 이어지는 교두보를 마련하도록."

남은 함선에서 차례차례 병력이 모여들었다. 기함 한 곳에 응집되니 제법 수도 많고 기세도 붙었다. 불안정한 시국을 뒤로하고 오르카는 소형선을 타고 기함에서 이탈했다.

라이벨이 검을 치켜들고 소리쳤다.

"녀석들의 목표는 바로 나다! 그러니 포탄 따위를 쓸 일은 전혀 없다! 이기지 못한다면 물고 늘어져서 바다에 빠트려라! 갑판 위라는 한정된 장소에서의 싸움! 능히 혼자서도 수십 명을 당해 낼 수 있다!"

"와아아!"

"루티아르 왕국 만세!"

왕국군 병사들의 우렁찬 목소리가 힘차게 울려 퍼졌다. 그쯤 제국군의 함선들이 달라붙었다. 사방에서 제국군 병졸들이 쳐들어왔다.

라이벨의 예상대로 제국군은 함포 사격을 하지 않았다. 쳐들어오는 방식이나 진형의 차이가 있었을 뿐 백병전 자체는 계속되었다.

점차 수가 줄어가는 부하들을 바라보며 라이벨의 가슴이 시렸다. 마지막 한 명까지 라이벨을 지키기 위해 적병을 물어뜯어서라도 싸웠다. 못해도 왕국군 병사 하나당 제국군 병사 둘, 셋은 동귀어진했을 것이다.

모든 병사들이 자랑스러운 죽음을 맞이했다. 라이벨은 비로소 혼자 남게 되었다.

적병들이 동그랗게 에워쌌다. 한 명에서 두 명씩 달려드는 걸 순서대로 쓰러트렸다. 죽여도, 죽여도 끝이 없었다. 점점 체력도 한계였다.

"빌어먹을. 하아. 하아……."

지칠 대로 지친 그에게 빠른 찌르기가 들어왔다. 가까스로 피했지만 바로 이어져 오는 공격에는 속수무책이었다.

푸슉—

차가운 칼날이 복부에 꽂혔다.

라이벨은 칼날을 부여잡고 실소를 터트렸다.

"크크큭…… 네놈이 란 콘라드인가 보구나. 비겁하다는 말은 하지 않겠다. 왠지 이런 상황이 낯설지 않거든."

"솔직히 대역을 썼을 거란 예상도 있었는데. 어째서 도망가지 않았나?"

"크큭, 모양 빠지게시리. 어서 죽이기나 해라……."

"좋은 자세다. 광하의 백작."

란은 검을 빼내서 그대로 라이벨의 목을 쳤다. 일전에 유리 그림자 산맥에서 메를리니를 난항에 빠트렸던 광하의 백작은 이렇게 최후를 맞이했다.

란은 병사들에게 엄하게 지시했다.

"그의 시신을 함부로 훼손하지는 마라! 그래도 꽁무니가 빠져라 도망쳤던 잭스 도크 후작에 비하면 마지막까지 그릇이 다른 남자였다."

왕국군 함대에 대한 마무리 정리는 순조로웠다.

그날 밤, 란은 레인에게 보고를 올리고 뱃머리로 나왔다. 바닷바람이 시원했다.

"앞으로의 행방은 라이벨과 같은 자들이 얼마나 더 남아 있느냐의 싸움이겠군. 우리 제국도 이번 전쟁에 총력을 기울였지만, 왕국 측은 진정 사활을 건 싸움일 터. 후우……

아직도 앞과 끝이 보이진 않는구나."

그는 바다에서 죽어갔을 병사들을 애도하듯 지그시 눈을 감았다.

왕제 전쟁의 한 축을 담당하는 루티아르 동부 바다에서 펼쳐진 해전은 이렇게 막을 내렸다. 바람의 재상 레인 디너즈가 이끄는 제국 해군은 노도와 같이 왕국 동부 해안으로 향해 진격했다.

*　　　*　　　*

해전의 종결 때와 비슷한 시각.

북부 아리할 대평원에서 막 전투를 마친 루티아르 군도 최소한의 방위군을 남겨 놓고 남쪽으로 향할 준비를 하고 있었다.

로우가 정비를 마저 하느라 느지막했던 것과 달리, 메를리니는 별동대를 추려서 먼저 출발할 계획이었다.

하지만 그녀 또한 바로 갈 순 없었다. 다이헤르 제국군 포로들을 어떻게 처리할지 결정을 내려야 했기 때문이었다.

메를리니는 감옥 한편에 갇혀 있는 라우 제노스와 마주했다. 감옥 창살을 사이에 두고 두 사람은 잠시 쳐다보기만

했다. 먼저 말을 꺼낸 건 메를리니였다.

"라우 제노스 공, 에리 폰 이틀로이하 황녀와 레페리 데미우스 공에 대한 일로 사과드리고 싶습니다. 물론 운명의 엇갈림이라고 치부해야 할 현 시점에 나눌 대화는 아니지만요. 그래도 두 사람과 가까웠던 공에게는 이 말을 전해야지 싶었어요."

"……."

라우는 침묵을 고수했다.

메를리니의 말이 계속됐다.

"실은 당신도 진짜 적이 누군지는 알고 있으리라, 그리 생각되네요."

"……진짜 적에 무슨 의미가 있단 말인가. 나 또한 제국의 영광과 미래를 생각하는 한 명의 신하요. 당장 이 철창만 없으면 왕비에게 덤벼들 노인네일 뿐, 그 이상도 이하도 없소. 어차피 이 세상은 옳고 그른 신의로만 따질 수 없는 세상이 아니지 않소? 때로 거짓인 줄 알면서도 그걸 사실로 믿어야 하는 세상을 마냥 탓할 수도 없는 노릇. 그렇다면 흐름에 따라 열심히 살아가야 하는 게 응당하오."

메를리니는 멀뚱히 라우의 눈동자를 바라봤다. 올곧은 마음가짐으로 가득 찬 눈빛이었다. 결코 적으로 돌리기 싫은 충신의 그릇이었다. 그러나 이미 두 사람은 적으로 만났고, 마지막까지도 적일 관계였다.

"공을 어떻게 해 주길 바라나요?"

"해방시켜준다면 더할 나위 없지만 그랬다가는 다시 전장에서 적으로 마주하게 될 것이오. 결국 그럴 순 없을 테니, 이대로 죽여준다면 고맙겠소."

"아뇨. 선택지는 세 번째까지 있어요. 당신을 포로로 놔두는 거죠. 제국에는 공을 따르는 장군이나 기사가 많죠. 심지어 장졸들까지도 공을 존경해마지 않아요. 그런 공을 죽인다면 제국군의 분노는 하늘을 찌를 것이고, 붙잡아둔다면 공격의 끝이 망설여지겠죠. 물론 전쟁에서 이와 같은 공식이 모두 적용되진 않겠지만, 적어도 공의 가치는 세 번째 선택지가 적당하다고 봅니다."

라우는 말없이 피식 웃었다. 그녀의 말이 지당했다. 너무나 정론을 담은 말이라 반박하기도 그랬고, 딱히 반론을 제기할 이유도 없었다. 그러다 문득 이 한마디만은 전하고 싶었다.

"굳이 의미 없는 문답을 나눠 줘서 고맙소. 레페리나 에리 황녀님도 결코 부끄럽지 않은 마지막을 맞이했을 거란 생각이 드는군."

진심이었다. 라우도 잘 알고 있었다. 메를리니가 2년여 동안 그 두 사람을 잘 챙겨줬다는 사실을. 그리고 붉은 왕비란 별명을 달 만큼 얼마나 뛰어난 여인인지도. 실제로 만나 보고 싶다는 생각도 했었는데, 이리 기회를 마련해 주기까지 했다. 그 문제로 더는 미련이 없었다.

메를리니가 정중히 목례하자, 라우도 마주 인사를 건넸다. 그것이 두 사람이 처음이자 마지막으로 나누는 인사였다. 이후, 두 사람에게 다시 만날 기회는 주어지지 않았다.

메를리니는 로우를 만나 앞으로의 일정에 대해 논의했다. 로우는 재차 먼저 출발하겠다는 메를리니를 극구 말렸으나 그녀의 고집을 꺾진 못했다.

"아, 포르테 공작, 르나이아가와 콩도 데려갈 생각이에요. 괜찮죠?"

"그 둘은 자처해서라도 마마를 따라가겠죠. 또 그 이유가 아니더라도 제가 나서서 그 둘을 마마의 호위로 붙여드렸을 겁니다. 아무쪼록 무리하지 마시고 자신의 안위를 최우선으로 삼아주시길 간곡히 부탁드립니다."

"네. 포르테 공작도 조심하세요. 먼저 내려가서 전하와 함께 기다리고 있을게요. 그럼 무운을."

제3장

전쟁의 향방

『왕제 전쟁의 승패를 가를 열쇠. 전쟁의 흐름이 과열되는 가운데, 하나둘 전쟁을 마무리 지을 인물들이 두각을 나타냈다. 엑스트라가 물러가고 주연들이 빛을 발하면서 전쟁도 서서히 종막을 향해 치달았다.

-왕제 전쟁 기록 中-』

　　루티아르 동해안 방위선에는 그룬디에 선틀 백작이 이끄는 군대가 잔존해 있었다. 해안선 수비의 최후 보루를 자처하는 방위군이었다. 그룬디에는 방위군 본군을 주축으로 긴 해안선을 따라 소부대 단위로 쭉 이어진 진영 구성을 갖춰 놨다.

　　그곳으로 소형선 한 척이 도착했다.

　　지난날, 제국 함대에 패해 겨우 빠져나온 오르카의 배였다. 방위군 입장에선 가장 우려하던 일이 발생한 꼴이었다.

해안에 상륙한 오르카는 병사들의 안내를 받아 등대로 인도됐다. 등대를 중심으로 진영을 갖춰놨기 때문에 사실상 등대가 사령탑의 위치를 맡고 있었다.

그룬디에는 오르카로부터 '다이헤르 제국 함대가 왕국군 함대를 대파하고 해안까지 근접해 왔다'는 얘기를 듣고 낙담했다. 잭스 도크 후작이 이끄는 동북 해군이 패퇴했다는 소식을 들었을 때 라이벨의 해군도 위태로울 거란 예상은 했었다. 그래도 직접 확인하는 것과 예상하는 건 천지차이였다.

그렇다고 마냥 좌절하고 있을 순 없는 노릇. 두 사람은 서로가 아는 정보를 공유하고 앞으로의 방향을 논했다.

"선틀 백작님께서도 아시다시피 이곳 해안은 주로 모래사장으로 이루어져 있는 곳. 탁 트인 지형 구조상 배를 정박하기에 용이합니다. 하나 그만큼 수비에도 장점이 있기에 활용에 따라 승패가 갈리는 곳입니다."

그룬디에는 고개를 갸웃했다.

"그래서 말하고자 하는 바가 무엇인가?"

"동해에는 크고 작은 섬들이 많습니다. 제국 함대는 분명 그중 하나에 근거지를 만들고 전투에 임할 것입니다."

"이유를 말해 주겠나? 합당한 이유가 없다면 받아들이기

힘드네."

오르카는 손가락 두 개를 펴 보였다.

"첫째. 레인 디너즈가 굳이 동남쪽 랑기레 해역에 있던 저희 함대에 대해 완전 제압을 목표로 했기 때문입니다. 아마 후방에서의 기습을 완전히 배제하기 위함이 목적이었을 겁니다. 둘째. 북쪽으로부터의 지상군이 패퇴했다는 소식이 그의 행보에 힘을 더해 줄 것입니다."

"근거지가 필요해졌다는 건가?"

"예. 만에 하나를 위한 근거지가 필요해진 겁니다. 무사히 해안에 접어들지 못했을 때를 대비하기 위함이지요. 그게 바로 제법 규모가 있는 섬에 임시기지라도 만들어야 할 이유입니다. 해로로 쳐들어오는 것 자체가 보급에도 큰 혼선이 있으니 말입니다."

"확실히 일리는 있군. 그렇다면 우리가 앞으로 해야 할 조치는 근거지 마련을 방해하는 것과, 이곳의 수비를 철저히 하는 것. 두 가지겠군."

"예. 해안선에 보초를 배치하는 건 어찌 진행되고 있습니까?"

그룬디에는 부관을 시켜 지도를 대령했다. 지도에는 해안선을 따라 일정 간격으로 빨간 점들이 찍혀 있었다.

"소부대로 나눠서 빨간 점마다 병력을 배치해놨네. 각각 어느 쪽으로 오든 즉각 소식을 알릴 수 있도록 소규모 봉화를 설치해놨으니, 쳐들어오는 쪽으로 병력을 집중해서 막으면 될 걸세. 하나 더 시급한 건 안쪽에서부터 공격이 오느냐 이네."

"안쪽? 북부에서는 이미 승리했다고 하시지 않았습니까? 혹 제국 함대가 빙 돌아서 남부로 쳐들어올까 봐 그러시는 건지……."

"차라리 그런 거라면 내가 이러지 않네. 어디서 나타났는지 제국군 별동대가 왕국 내부에서부터 출몰했다더군. 여러 지역에서 반란처럼 일어난 걸 합하면 그 수가 무려 5000에 달할 정도. 만약 그 병력이 함대와 함께 앞뒤로 들어온다면 우리도 장담할 수 없네."

오르카는 짐짓 턱을 괴었다.

"가뜩이나 적은 병력으로 안쪽까지 대비해야 한다니…… 큰일이군요."

"최악의 사태만은 없기를 바랄 뿐일세. 우선은 제국 함대를 어떻게 막아내야 할지 고민해 보세. 자네 주군의 복수도 해야 하지 않겠나?"

"예. 물론입니다."

두 사람의 시선은 저 앞쪽을 가득 메운 해안선으로 향했다.

이튿날, 그룬디에는 오르카의 작전을 수렴해 얼마 없는 선단을 끌어 모아서 출발시켰다. 기껏해야 열댓 척으로 이뤄진 선단이었다. 제국 함대가 근거지로 삼으려는 섬을 찾아서 기습하는 목적이었다.

별동대 성질의 함대를 지휘한 건 오르카였다. 현 상황을 정확하게 볼 사람으로는 그가 적임자였다. 제국 함대의 성질이나, 전황의 흐름, 그리고 해전 경험, 모든 면에서 그가 맡는 게 옳았다.

오르카는 잡다하게 늘어진 정보망을 종합해 제국이 근거지로 삼을 곳은 키르나 섬이라고 결정지었다. 일정 거리를 두고 제국 함대에 들키지 않게 접근해 보니 과연 그의 예상이 맞았다.

"어디 보자. 당장은 공격하기 좀 그렇고. 적의 주력 함대가 공격을 위해 이동하면 그때 우리도 움직이도록 한다. 그때까지 만반의 준비를 하도록."

각 함선들은 오르카의 지시에 따라 조용히 때를 기다렸다. 그들은 키르나 섬 인근에 위치한 작은 섬에 배를 숨겨 놓고 적의 동태를 살피는 데 주력했다.

제국 함대가 움직이기도 전에 싸움을 걸어봐야 자살행위이기도 했고, 이왕이면 기껏 완성해 놓은 걸 망가트려야 더욱 효과가 컸다.

작전은 계획대로였다.

슬슬 근거지가 완성되자 제국 함대가 이동을 시작했다. 오르카는 망원경으로 상황을 보고 절호의 기회라고 판단했다.

당초 예상보다도 빠르게 제국 함대가 떠나버린 것이다. 북부 지상군이 패퇴한 시점에서 별동대가 언제까지 버텨줄지 몰랐기에 제국 해군도 시간이 많지 않았다.

오르카는 병사들을 모아 놓고 소리 없는 함성으로 모두의 의지를 다졌다. 그중에는 검은 깃 피로조 기사단의 일원들도 몇몇 있었다. 그들은 라이벨 함대에서부터 오르카와 함께 해 온 용맹스러운 전사들이었다.

차근차근 전열을 가다듬은 별동 함대는 바다를 쭉 돌아서 제국 함대의 임시기지를 향해 이동했다. 임시항구랍시고 구축해 놓은 곳에는 기껏해야 네 척의 함선뿐이었다. 식량 보존 및 섬에서 지체적으로 식량을 조달하기 위해 만든 임시기지다웠다.

선제공격은 순조로웠다.

오르카의 손길을 신호로 함포가 불을 뿜었다. 미처 대응

도 못 하고 네 척의 제국 함선은 둥둥 떠다니는 나무판자로
변해 버렸다. 부랴부랴 기지에서 튀어나온 병사들은 다시
기지 쪽으로 도망가기 바빴다.

"배를 정박시키고 섬으로 진입한다!"

오르카는 병력의 반을 배에 남겨 두고 섬에 내렸다. 예상
대로 적군은 숫자도 적었고 별다른 저항도 없었다. 이건 식
은 죽 먹기였다.

"대장님, 기지 안에 있는 놈들은 모두 처리했습니다."

"녀석들이 모아 놓은 식량은?"

"예. 실은 그게 의문입니다. 식량 창고도 털어봤습니다
만 양이 그리 많지 않았습니다. 기껏해야 몇 백 명이 먹을
정도밖에는……."

"그럴 리가……."

오르카의 표정이 얼어붙었다. 이내 맥없이 웃음을 터트
렸다. 얼마간 웃어 재끼더니 뚝 웃음을 멈췄다.

"지금 당장 배에 승선한다!"

"하지만 식량이나 기지를 불태우는 건……?"

"대충 기지의 일부라도 불태우고 서둘러 빠져나간다! 모
두 퇴각해라! 퇴각!"

병사들이 분주히 움직였다. 횃불을 가져와 기지에 불을

붙이고 급하게 정박된 배로 향했다. 그런 그들을 맞이한 건 귀를 울리는 함포 소리였다. 키르나 섬을 빙 둘러 포위한 제국 함대가 정박돼 있던 왕국 함선들을 산산조각 내버렸다.

거친 포격 속에서 단 한 대만이 온전한 모습으로 살아남았다. 아니, 일부러 공격하지 않았다는 게 맞았다.

제국의 배 한 척이 슥 해안으로 다가왔다.

갑판 위에 레인이 팔짱을 끼고 서 있었다. 그의 눈빛은 차갑지도 따뜻하지도 않았다. 이 치열한 싸움에 임하는 자의 눈동자라고 하기엔 너무나 무미건조했다.

오르카가 부하들을 대동하고 해안 쪽으로 걸어왔다. 레인과 충분히 대화가 될 거리까지.

"바람의 재상은 명예도 뭣도 아닌 즐기기 위한 싸움을 한다더니 그 말이 사실인가 보군."

"도발로는 신선하지 못하군."

"그쪽이야말로 우리를 도발하고 우롱하고 있지 않나? 배를 한 척 살려 둔 이유가 뭐지? 우리를 조롱하려는 의지가 아니라고 할 수 있나? 서로 죽고 죽이는 처절한 전쟁터에서 이런 불명예스러운 처사가 또 어디 있단 말인가!"

오르카는 저도 모르게 목소리가 높아졌다.

반면 레인의 태도는 여전했다. 흥분과는 거리가 먼, 태연하다는 쪽에 가까웠다.

"전쟁은 전쟁이다. 명예나 신분상승을 향한 욕구? 그게 무어 중요하지. 도크 후작처럼 승리를 자축하며 부하에게 기사 작위라도 내려줘야 하나? 포이트라 백작처럼 죽음을 불사해야 하는가? 그것도 아니라면 내가 배에서 내려 예의를 갖춘 일대일 대결이라도 해 주길 바라는 건가? 함포 준비."

함포의 시위가 오르카와 그 부하들에게로 향했다.

오르카가 소리쳤다.

"바람의 재상!"

"배에 탈 생각이라면 마음대로 해도 좋다. 단, 기다려 주진 않는다. 사격 개시."

"제길! 모두 배에 올라라!"

오르카는 필사적으로 배에 타기 위해 분투했다. 헛된 노력이란 건 알고 있었다. 가까스로 배에 탈지언정 어차피 죽음은 결정된 상황. 그래도 어떻게든 올라타서 대포를 한 발이라도 쏘고 싶었다. 그게 긍지였다.

뱃머리를 돌리던 부하가 포탄에 맞아 전사했고, 함께 대포의 방향을 바꾸던 부하도 화승총에 맞아 숨을 거뒀다.

"레인 디너즈! 천벌을 받아라!"

오르카는 함포를 레인에게로 조준했다. 그 순간 레인의

배에서 쏜 포탄이 오르카를 덮쳤다.

연기가 가신 자리에 숨겨 있는 오르카를 바라보며 레인은 무덤덤한 얼굴이었다.

"서로 한 수를 보는 입장이라면, 두 수째도 봐야 하는 법. 그래도 과연 포이트라 백작의 참모답군. 한 수째라도 봤으니 말이야. 뭐 덕분에 역이용해서 뒤통수를 칠 수 있었다만."

레인은 부관 한 명과 함선 몇 척을 남겨 놓고 다시 키르나 섬을 떠났다. 오르카와의 싸움이나 대화는 이미 잊은 듯 무표정으로 일관했다.

"그러나 역시 두 수째를 바라보는 자가 없다면, 이 전쟁은 순조로운 게임의 한 구간이 될 뿐이겠지. 자, 루티아르 왕국이여, 진짜 모습을 보여 보아라. 이렇게 끝날 나라는 아니지 않은가."

\*　　　\*　　　\*

"봐도, 봐도 이건……."

메를리니는 주먹을 꾹 쥐었다. 불타서 재만 남은 마을의 모습을 보고 있노라면 화가 치밀었다. 너무 분해서 어디론가 이 감정을 폭발시키고 싶었다. 역겹고도 슬픈 냄새가 코 끝을 자극했다.

"괜찮으세요?"

콩이 다가왔다.

메를리니는 어색하게 웃어 보였다.

"아리할 대평원에서는 이보다 더한 경험을 했는데도 쉬이 적응되질 않네요."

"저는 아직도 그 이유를 모르겠지만, 언제고 그런 말을 들은 적이 있어요. 신탑 요네룬의 대스승이자 대현자라고 불리는 아르메 님께선 이런 일 때문에라도 전쟁에 개입하지 말라고 신신당부하셨죠. 그분도 젊었을 적에는 저처럼 이곳저곳을 여행하면서 많은 경험을 했으니까요."

보면 볼수록 콩은 그 나이 또래의 소년이 아닌 것 같았다. 신체적으론 꼬마가 맞는데, 말하는 걸 가만히 듣고 있으면 참으로 대단했다.

메를리니는 콩을 바라보다가 문득 유지니가 떠올랐다. 둘은 다르면서도 비슷했다. 둘 다 손에 핏빛 향기가 물씬거렸고, 산전수전을 다 겪어왔단 점에서도 참으로 기이한 아이들이었다. 그래서 한편으론 누구보다 순수한 통찰을 가진 게 아닐까 싶었다.

"콩, 대현자께서는 전쟁에 관해서 트라우마라도 갖고 계셨나 보군요?"

"아르메 님은 때로 높은 위치에 있는 사람은 아랫사람들의 생사에 대해 냉정하면서도 따뜻해야 한다고 말씀하셨어요. 왕비께서 지금 느끼시는 감정은 따뜻함에 가까운 것일 테고, 지난 전장에서 느끼신 감정은 차가움 쪽에 근접해 있겠죠."

간단하게 정의내릴 수 있는 게 아니란 것쯤, 두 사람 다 잘 알고 있었다. 그래도 맥락은 얼추 비슷했다. 인간이란 동물이 품는 감정이란 참으로 간사하니까. 때와 상황에 맞춰 모습을 바꿔버리니까.

메를리니는 살며시 머리를 쓸어 넘겼다.

분주히 맡은 일을 하고 있는 병사들 쪽으로 시선을 향했다. 그들은 폐허에서 혹시 모를 생존자가 있는지 찾는 중이었다. 때때로 이 마을 출신의 병사가 울부짖는 모습도 보였다.

이미 전쟁은 가속화되었다.

북부 공방전은 왕국의 승리로 막을 내렸으나, 해결되지 않은 문제가 두 개나 더 남아 있었다. 해전의 압박은 아직 직접적으로 와 닿지 않았다고 해도, 당장 왕국 본토를 이리저리 휘젓고 다니는 제국군 별동대만은 빠른 시일 내에 처리해야 했다.

메를리니는 물끄러미 잿더미의 새까만 가루를 만지작거렸다. 표정이 천천히 어두워졌다.

"바람의 재상. 심리적으로 우리를 조롱할 생각이었다면 당신의 계책대로군요. 그러나 이미 더럽혀진 우리 왕국도 가만히 앉아서 당하지만은 않을 겁니다."

＊　　＊　　＊

병사들의 수색이 끝나자, 메를리니가 이끄는 군대는 다시 이동에 박차를 가했다. 이후로 그들은 폐허를 애써 외면하며 남쪽으로 쭉 향했다.

중부와 남부를 가로지르는 푸른 산호강을 지날 즈음, 건너에서 달려오던 전령과 맞닥뜨렸다. 다리 위에서 조우한 전령은 말에서 내려 메를리니에게 예를 표했다.

"저는 네펜데스 자작 휘하의 병사 모디입니다. 왕비 마마, 송구하오나 이곳을 지나지 마시고 다른 길을 택하시길 강력히 부탁드리는 바입니다."

"무슨 문제라도?"

"예. 말씀드리기 송구하오나, 현재 저희 영지 케노다는 제국 바람기사단 부단장 지아드 카빌러가 이끄는 1000여 명의 병력에게 유린당하고 있습니다. 영주 아브 네펜데스 자작께서도 궁지에 몰리셔서 수성을 하고 있는 게 고작입니다. 저는 로우 르 포르테 공작님의 승전 소식을 듣고 그쪽으로 지원을 요청하러 가던 중이었습니다."

모디는 몹시 절박해 보였다.

메를리니는 머리를 숙이고 있던 모디의 어깨에 손을 올렸다. 모디가 벙벙한 얼굴로 메를리니를 올려다봤다. 환하게 미소 지은 그녀의 모습을 바라보니 고뇌가 싹 가시는 기분이었다.

"모디, 길 안내를 부탁해요."

"예, 예? 마마, 죄송합니다만 그곳은 정말 위험합니다. 지아드 카빌러는 지나쳐온 모든 마을을 무참히 짓밟은 흉악한 자입니다."

"괜찮아요. 비록 1000명까진 안 되지만, 제가 데려온 분들은 모두 백전용사들이니까요. 북부 전투에서 승리한 자랑스러운 전사들이죠. 다들 그렇지 않나요?"

메를리니가 슥 돌아보자 병사들은 단단히 무장한 목소리로 외쳤다. 그들 모두는 메를리니가 여신처럼 전장 한복판에 나타났던 걸 기억했다. 기세가 차올라 뭐든 가능할 것 같은 기분이었다.

여신처럼 아름다운 붉은 왕비가 이끄는 군대는 위풍당당하게 네펜데스 자작이 다스리는 케노다에 이르렀다. 그 수는 대략 200명 정도. 길 안내를 맡았던 모디는 그때까지도 불안하고 초조했다. 설사 네펜데스 자작이 수성을 풀고 앞뒤로 영격하더라도 이길 것 같지 않았다.

누가 뭐래도 케노다를 범하고 있던 제국군은 왕국 내부에서 발발했던 제국군 중에서도 특히 막강했다. 별동대 성향의 여러 부대들 중, 1000명 이상의 병력을 맡은 부대는 세 개뿐이었으니 사실상 최고 주축 부대였다.

당연히 질적으로도 우수했다. 특수임무를 위해 몇 년간 준비해 온 최정예 군단. 수적으로나 질적으로나 승부가 될 수 없었다.

그랬던 모디의 생각은 1차 전투를 경험하면서 완전히 뒤바뀌었다.

"가호의 방패. 동시에 루베아의 발전."

전혀 상상조차 못 했던 상황이었다. 선진으로 나선 왕비가 C급 장갑기 자미달을 무너트렸다. 제국군이 왕국군으로부터 탈취하는 과정에서 자미달에 이상이 생긴 것도 아니었다. 그야말로 순수한 힘에 의한 현상. 그제야 모디는 왕비의 병사들이 여신 왕비라며 연호했던 게 수긍됐다.

장갑기를 쓰러트린 여성이 루티아르의 왕비란 사실은, 왕국군 병사들의 외침 소리와 그녀의 붉은 머리카락으로 증명됐다.

제국군은 쓰러진 자미달을 뒤로하고 거칠게 달려들었다.

"저 계집이 왕비다!"

"루티아르의 왕비를 붙잡아라!"

메를리니에게로 제국군 병사들이 우르르 몰려왔다. 그러나 그들의 무기는 어느 것 하나 메를리니에게 닿지 못했다. 메를리니 한 사람을 목표로 진형이 바뀐 만큼, 다른 형태에서의 대비는 취약해져 버렸다. 그 틈을 타 왕국군이 산개해 제국군을 감싸 안았다.

혹시 모를 후방 대비를 위해 지아드가 따로 개편해 배치해 놓은 부대의 수는 300여 명. 그들은 수적 우세가 무색하게 200명에게 포위돼버렸다. 혼선을 빚긴 했어도 지아드가 뒤를 맡길 만큼 해당 부대의 지휘관도 꽤 실력이 출중했다.

제국군 부대장 존 스네프는 혼란을 잠재우고 침착하게 포위에 대한 대비를 갖췄다. 그는 정면에 있는 루티아르 왕비를 사로잡으면 이번 전쟁의 판도가 확 기울 거라고 확신했다.

"칼리스, 지코, 나를 따르라!"

바람기사단의 정예는 혼자서 일반보병 열 명은 우습게 쓰러트린다는 자부심 덩어리였다. 세 명의 기사는 병사들의 원호를 지지대 삼아 왕국군의 방어선을 손쉽게 뚫어버렸다. 곧 있으면 붉은 왕비를 손아귀에 넣고 전쟁의 주역이 될 참이었다.

그때 존의 우익으로 따라붙고 있었던 칼리스의 안면으로 뭔가가 꽂혔다. 단 몇 초의 순간. 존은 칼리스를 날려 버린 게 주먹이었음을 인지했다. 동시에 좌익의 지코를 거대한 화염 덩어리가 덮치는 것도 목격했다.

"뭐, 뭐냐? 제길! 모두 멈추지 마라!"

비록 칼리스와 지코를 잃었으나 돌격을 멈출 순 없었다. 앞을 막아서는 왕국 병사들을 쓰러트리고 마침내 왕비의 바로 앞까지 다다랐다. 우선 도망가지 못하게 다리 하나만을 접수하고 인질로 삼을 작정이었다.

챙—!

빠르게 찔러 넣은 검이 뭔가 보이지 않는 벽에 튕겨서 공중으로 붕 떴다. 문득 방금 전 자미달의 공격을 막아냈던 보호막 같은 게 떠올랐다. 아차 싶은 순간 보이지 않는 보호막에 부딪힌 존의 몸이 튕겨 나갔다.

"크으……."

고개를 절레절레 흔들고 충격에서 헤어 나온 존은 다시 공격을 감행하려고 했다. 그때 그의 등을 누군가가 콕콕 건드렸다. 본능적으로 단검을 빼 들고 뒤로 휘둘렀지만 허공을 긋고 말았다.

르나이아가가 방금 전 카리스를 쓰러트린 그 파괴력 그대로 존의 턱을 날려 버렸다. 몸이 붕 뜰 정도의 엄청난 위력이었다. 한 방에 정신까지 날아가 버렸다. 그가 쓰러진 걸 기점으로 왕국군의 포위망에도 힘이 실렸다. 제국군은 순식간에 제압당했다.

모디는 아직도 자신의 눈을 믿지 못했다. 이 괴물 같은 부대를 이끄는 게 다른 누구도 아닌 자국의 왕비였다. 마나기어를 단신으로 쓰러트리는 실력을 지닌 여인. 아니, 단순히 왕비나 여인이란 말로 수식할 수 있을까. 기적을 만드는 여신이란 표현이 입 밖으로 튀어나왔다.

"기적의 여신……!"

모디의 한마디가 터지자, 다른 병사들도 뒤따라 외쳤다.

"기적의 여신!"

"붉은 왕비!"

"왕비 마마 만세!"

뭘 이런 걸 따라 하느냐고 중얼거리던 콩도 못내 르나이 아가의 손에 이끌려 따라 외쳤다.

그 길로 모디는 제국군 포위망을 피해 가까스로 수성 중이던 아브 네펜데스 자작을 만났다. 왕비가 원군을 이끌고 와 대활약을 펼쳤다는 이야기를 대서사시처럼 전했다.

그 소식을 듣기 전까지만 해도 아브는 정상인의 몰골과는 거리가 먼 상태였다. 이질과 간 질환에 시달리며 사기마저 꺾여, 거의 패배가 자명하다는 생각에 반쯤 포기 직전이었다.

아브는 전율로 몸이 부들부들 떨렸다.

"모디, 다시 읊어봐라."

"예! 메를리니 폰 루티아 왕비님께서 친히 군대를 이끌고 도우러 오셨습니다! 이미 제국군이 후미를 지키기 위해 배치해놨던 2군 부대를 전멸시키셨습니다. 그 수는 대략 200명! 모두가 일당백의 병사들입니다! 제 두 눈으로 똑똑히 지켜봤습니다!"

"하하하…… 세계역사 어디를 뒤져 봐도 이런 기적은 없을 터……."

손발이 덜덜 떨렸지만 흐느적거리던 눈빛만은 변했다.

아브는 부관에게 병사들을 광장에 집결시키라고 명했다. 그리고 자신도 벗었던 갑옷을 힘겹게 차려입고 광장으로 나섰다. 마치 패전의 병사들처럼 힘없는 몰골의 군대가 모여 있었다.

병사들은 아브의 모습을 보고는 웬일로 갑옷을 입었다며 수군거리기도 했다.

아브가 양손을 번쩍 들어 보였다.

"케노다의 아들들아! 왕국의 어머니께서 오셨다고 한다!"

그때까지도 왕국의 어머니가 누구야? 라는 반응이었다.

"우리 루티아르의 붉은 왕비님께서 친히 병사들을 이끌고 우리를 구원해 주러 오셨다!"

그제야 병사들의 눈이 동글동글 뜨였다. 하나둘, 얼굴에 생기가 감돌기 시작했다. 아브가 검을 뽑아 치켜 올리자 우레와 같은 함성 소리가 이어졌다.

"수성의 시간은 끝났다! 모두 무기를 들고 성 밖 제국군을 쓸어버리러 갈 것이다! 제국군 불한당 놈들을 우리의 영광스러운 땅에서 내쫓아버리자!"

"와아아!"

병사들의 사기가 뜨겁게 달아올랐다.

아브는 최소한의 병력만 남겨 놓고 모든 병력을 이끌고

성을 나섰다. 민병들이 대부분이라 오합지졸일지언정 의지만은 확실히 다져졌다. 왕비님이 데려온 군대와 함께 앞뒤로 공격하면 제국군을 무찌를 수 있다고 자신했다.

그렇게 아브가 이끄는 왕국군은 당찬 의지와 함께 제국군 진영을 향해 돌격했다.

지금 막 후미 부대가 전멸했단 소식을 들은 제국군 대장 지아드는 아브의 군대를 보고 코웃음을 쳤다.

"의외의 변수가 있다만 그렇다고 우리가 오합지졸들에게 패할 만큼 나약하지는 않다! 전군! 무기를 들고 루티아르의 멍청이들에게 본때를 보여줘라!"

지아드는 허세와 자만에 빠져 만용을 부리진 않았다. 먼저 네펜데스 자작의 군대를 최대한 빨리 짓밟아버린 뒤, 왕비의 군대를 맞이할 심산이었다. 왕비를 잡겠다는 욕구에 가득 차 순서를 그르치는 짓 따윈 하지 않았다.

설사 네펜데스 자작의 군대를 뭉개버린 걸 보고 왕비군이 줄행랑을 칠지언정, 어차피 지아드의 임무는 케노다를 점령하는 것이 우선사항. 굳이 무리수를 둬서 차질의 빌미를 만들 필요는 없었다.

그래도 혹시 모를 상황에는 대비하는 게 상책. 100여 명을 추려서 후미를 지키도록 지시했다. 그리고 지아드는 남은 전 병력을 이끌고 아브와 맞섰다.

이윽고 양측 군은 평원에서 격돌했다.

맞부딪혀보니 과연 이전과는 달랐다. 지아드는 왕국군이 왕비의 등장으로 한껏 기세가 올랐음을 실감했다. 원래라면 별 저항도 없이 그대로 밀어버렸을 것을. 기마병들의 전진이 막혀버렸다.

"아브 네펜데스! 그래 봐야 사기로 뻥튀기한 전력으로 뭘 하겠다는 것이냐? 그냥 항복하거라!"

"웃기지도 않는구나! 네놈이야말로 왕비님께 머리를 조아려라!"

"여자의 치마폭에 놀아나는 꼴이라니! 그렇게 자신 있으면 당장 덤벼보지 그러나? 봐라! 지금도 병사 무리에 숨어 있을 뿐 아닌가?"

"계속 지껄여라! 전쟁은 개인의 무력으로 정해지는 게 아니다!"

아브는 지아드의 도발에 넘어가지 않았다. 그는 자신의 무력이 지아드보다 아래라는 걸 인정하고 들어갔다. 괜히 나서서 객기를 부렸다가 지기라도 하는 날엔 병사들의 사기가 급격히 떨어질 게 뻔했다.

그럴 바에 개인의 자존심 따위 던져 버리고 '싸움'이 아닌 '전투'를 하는 게 옳았다. 수단과 방법을 가리지 않고 전투를 위한 싸움은 계속됐다. 제국군의 주력인원은 대개가 바람기사단으로 이루어진 정예. 패기만으로 맞춰졌던 균형이 차츰 무너지기 시작했다.

제국군 기사들은 마치 양민을 학살하듯이 왕국 병사들을 죽여 나갔다. 민병으로 차출된 농민들이 대부분이었으니 동지들이 죽는 걸 보며 사기도 점점 떨어졌다. 상황이 상황이다 보니 아브는 이를 악물고 진형을 유지하려고 애썼다.

균형의 추가 점점 기울긴 했어도 왕국군은 어찌어찌 버텨냈다. 붉은 왕비에 대한 환상이 자아낸 기적 같은 힘이었다.

그런 통에 지아드도 치가 다 떨릴 지경이었다.

"미친놈들이 어지간히 환상에 젖었구나. 철저히 짓밟아서 본보기로 삼아줘라!"

지아드군은 더욱 거세게 아브군을 몰아붙였다.

이번 전투에서 승리함으로써 왕국군을 향해 너희는 뭘 해도 결코 제국군을 이길 수 없다는 간접적 상징상이 될 수 있었다. 별안간 이곳 케노다를 점령하는 데에 엄청난 의미가 부여된 것이다.

반대로 왕비군이 참전하든 안 하든 지기라도 한다면, 그때의 여파는 더더욱 상상을 초월할 것이었다. 이곳 케노다

뿐만 아니라 전국적으로 왕비란 상징적 존재를 등에 업고 왕국군의 기세가 오를 게 자명했다.

그리 생각하니 지아드는 아찔한 기분마저 들었다.

"언제 왕비군이 들이닥칠지 모른다! 서둘러라!"

네펜데스 자작을 제압하고 그대로 왕비군에게까지 승리하는 최고의 시나리오. 거기까지는 처음 계획대로였다. 침착했던 지아드도 사람인지라, 일등공신이 된다는 욕심이 샘솟는 건 도리가 없었다. 이참에 공석인 재상 자리에 자신이 오를 수 있지 않을까? 하는 망상까지 일었다.

그건 얼마간의 행복한 꿈이었다.

지아드가 타고 있던 말이 히이잉거렸다. 땅이 들썩이더니 바로 아래에서 나무가 솟아났다. 말다리가 부러지면서 지아드는 바닥으로 낙마해 버렸다. 갑작스러운 사태에 지아드는 물론 주위 병사들도 깜짝 놀랐다.

"뭐, 뭐냐? 갑자기 웬 나무가⋯⋯?"

그때 후미 쪽에서 함성 소리가 들려왔다.

"벌써 왔다고⋯⋯? 미리 배치해 놓은 병력에는 바람기사단도 있었을 텐데?"

지아드는 서둘러 자리를 박찼다. 부하기사가 타고 있던 말에 올라타서는 다시 병사들을 지휘했다. 놀라긴 했지만 전황을 바라보는 시각이 무너진 건 아니었다. 그는 침착하게 앞과 뒤의 병력을 조율했다.

다소 계획이 틀어졌어도 답안이 바뀌진 않았다. 어쨌든 왕비를 좀 더 쉽게 잡느냐, 조금 힘들게 잡느냐의 차이일 뿐이었다. 아직 꿈은 끝나지 않았다고 생각했을 때, 슬슬 이변이 일어나기 시작했다.

흐름은 단숨에 돌아섰다.

르나이아가와 콩으로 이뤄진 조합. 메를리니는 이 콤비를 쭉 지켜보면서, 이만한 구성이라면 최강이지 않을까 싶었다. 그녀의 기대에 충족하듯 단 두 사람만으로 제국군의 방어망을 와해시켜버렸다.

간혹 지아드의 지시로 몇몇 병사들이 메를리니에게 달려들었지만, 그녀 주변으로 작게 둘러친 보호막을 어찌하지 못했다.

지아드는 진퇴양난에 부딪혀버렸다. 앞뒤로 치고 오는 왕국군의 기세는 전에 없이 막강했다. 이 전황을 뒤엎으려면 무리를 해서라도 왕비를 붙잡아야만 했다.

그러나 상황이 여의치 않았다.

그나마 버틴 것도 지아드를 비롯한 바람기사단원들, 더불어 정예제국군이 악착같이 투쟁한 덕이었다. 무너진 균

형 앞에 지아드는 결국 왕국군에 사로잡혔다. 꽁꽁 묶인 채
로 메를리니 앞에 무릎 꿇렸다.

"죽이시오."

"바람기사단 부단장의 직책을 수행하고 있다고 들었어
요. 마지막으로 말 정도는 들어드리죠."

"무의미한 문답이 될 뿐이오. 그냥 죽이시오."

"그럼."

메를리니는 뒤돌아서서 손을 슥 올렸다가 내렸다.

푸숙—

지아드와 부관들의 목이 차례로 날아갔다. 냉정하게 명
령을 내리면서도 아직 따뜻함과 차가움의 구분선은 파악되
지 않았다. 메를리니는 짐짓 눈을 감았다 떴다. 언제까지고
구분 따위 못 했으면 하는 마음이었다. 그저 알고 싶지 않
았다. 먹먹한 가슴을 부여잡고서, 슥 하늘을 쳐다봤다.

"레이드……."


*　　*　　*


"메를리니……."

레이드는 힘없이 검을 만지작거렸다. 쌀쌀한 밤공기 사

이로 메를리니가 걱정되었다.

수호기사 카이트가 막사 안에서 걸칠 걸 가져왔다.

"전하, 이거라도 덮으십시오."

"괜찮네."

"날씨가 춥습니다. 그러다 전하의 신변에 문제라도 생기면⋯⋯."

"이깟 날씨가 뭐 대수인가? 지금 제국군이 우리 루티아르의 땅을 휘젓고 다니고 있거늘. 왕비와 태후 마마의 안전도, 내 사랑스러운 아들의 소식도⋯⋯ 무엇 하나 전해진 게 없지 않은가. 지금 이 순간에도⋯⋯."

제국군 별동대가 부대를 나눠서 왕국 내부를 휘젓고 다니는 통에 소식 체계가 엉망이 되었다. 중서부에서 전쟁의 판도를 지켜보고 있었던 레이드가 마지막으로 들은 소식은 북부에서의 승전보뿐이었다.

문제는 그것도 직통으로 전해진 게 아니라, 중간중간에서 제국군의 습격을 받아 최종적으로 전달된 정보가 승리 소식이었을 뿐. 어떻게 이기고 고전했는지 여부는 전혀 없었다. 메를리니에 대한 정보도 당연히 없었다.

어쨌든 북부에서의 침공은 막은 상태였기에, 당장은 제국군 별동대를 토벌하는 게 최우선 과제였다. 현재 개별 영지 단위에선 제국군을 상대할 여력이 없다고 판단한 중앙군은 레이드를 필두로 움직이고 있었다.

그렇게 남부로 향하는 길이었다. 상당한 강행군으로 병사들도 지쳐버렸다. 잠시 휴식을 취할 겸 중부와 남부 중간쯤에 위치한 제토 숲에 임시 진영을 꾸린 상태였다.

이곳에는 국왕을 지키는 왕실병대와 중앙에서 끌어모은 3000명 정도의 병력이 집결해 있었다.

"카이트, 자네는 이 싸움의 끝을 어떻게 보는가?"

"루티아르의 승리입니다."

"그래. 우리가 승리해야지. 하나 전쟁에서 이긴다고 하더라도, 이후 황폐해진 국정을 보듬는 게 더 큰 문제일 것 같군."

북부에서 제국의 대군을 막아냈음에도 제국별동대에 의해 전장이 왕국 전토로 확산되면서 국토의 피해가 만만치 않았다.

특히 남부가 가장 심각했다. 제국 별동대는 전국적으로 튀어나왔는데 개중에서도 가장 규모가 큰 부대가 남쪽에서 일어났기 때문이었다.

레이드는 입술을 짓씹었다. 남부에는 사랑하는 혈육들이 피신해 있었다. 자칫 그들이 위험에 처하기라도 한다면? 포로로 잡히거나 죽임을 당한다면? 상상만으로도 끔찍했다.

"카이트, 내일은 새벽 무렵부터 출발해야겠다. 문제는 없겠지?"

"예. 문제없습니다. 지시를 내려놓겠습니다."

이튿날, 새벽 무렵부터 군을 정비하고 다시 강행군에 돌입했다.

가는 길에 소규모 제국군 부대와 조우해 토벌하면서도 진군 속도를 늦추진 않았다. 최대한 빨리, 그러면서도 가능한 이동에 차질이 없도록 움직였다. 그 노도와 같은 속도가 어느 지점에서 멈춰 섰다.

제국군 병력의 상당한 숫자를 가늠케 하듯 저 멀리 정면으로 자욱하게 먼지바람이 이는 것이 보였다. 지금껏 상대해 온 제국군 규모와는 달랐다. 마을이나 약탈하던 도적단 수준의 성질이 아니었다.

카이트가 말했다.

"전하, 이대로 적군의 돌격을 맞이하시면 아군의 피해가 큽니다. 맞상대를 하시거나, 자리를 피하시길 권해드립니다."

"아니. 우리도 멈췄으니 저들도 멈추게 하면 되지 않겠나."

레이드는 카이트의 만류를 뿌리치고 앞으로 나섰다. 그의 허리춤에서 검 한 자루가 모습을 드러냈다. 평소 오른쪽

왼쪽에 한 자루씩 차고 다니면서도 한 번도 꺼내지 않았던 검이었다. 그전까지의 전투에선 다른 한 자루만을 사용해왔다.

"정면에서 오고 있는 군대가 왕국군이라면 당연히 멈출 것이고, 제국군이라도 멈추지 않고는 못 배길 것이다."

믿기 힘들 만큼 차분한 어조였다. 레이드는 천천히 검을 치켜 올렸다.

왕국군 무리는 의아한 얼굴로 레이드의 행동을 지켜봤다. 카이트도 그랬다. 누구 하나 국왕을 말려야 한다는 생각이 없진 않았다. 단지 그 마음보다 국왕이 치켜 올린 검에 대한 호기심이 컸다.

저 검이 말로만 듣던 그 검인가? 용사의 검이라던 그 검? 역시 광채부터 다른 게 과연 명검이구나. 전하께서 저 검을 뽑아 드신 데는 다 이유가 있겠지. 아암, 그렇고말고.

왕국군은 서로의 말에 수긍하는 눈치였다.

과연 정면에서 진격해오고 있었던 군대는 레이드의 예상대로 멈춰 섰다.

검은 갑주를 입은 제국군 선진은 천천히 말을 몰아왔다. 모두 두터운 중장갑을 걸친 중장기병들이었다. 그들 또한 거짓의 존재가 아니었기에 다이헤르 제국 중장기병들의 근간이라 불릴 만큼의 전력과 명성을 지닌 것이 분명했다.

하나 지금만큼은 결코 쉽게 앞으로 전진해나갈 엄두를 내지 못했다. 뒤로 보이는 왕국군의 숫자도 숫자였지만, 역시 가장 큰 난관은 바로 앞에 나서 있는 한 사내의 존재였다. 그들의 무용이 뛰어날수록 사내가 쥐어든 검이 발하는 기운이 선명하게 느껴졌다.

대표로 한 명이 슥 말을 몰고 나왔다.

"용사라고 불렸던 반신 쥬라스의 검. 마왕을 무찔렀다는 등의 허세 가득한 마검. 그래도 직접 마주하니 소문이 거짓만은 아니었나 보오. 루티아르 국왕 레이드 폰 루티아."

"그렇게 지껄이는 제국군 대장의 이름이 궁금하군."

"이래 봬도 제국 황가의 핏줄을 이어받은 남자외다. 내 이름은 데릭 폰 이틀로이하라고 하오. 바람기사단 부단장을 맡고 있소. 뜻밖에 엄청난 대어와 조우하게 됐으니 이걸 행운이라고 해야 할지, 불행이라고 해야 할지."

"항복한다면 행운일 것이고, 항전한다면 불행이 되겠지."

"하하하. 전투, 싸움이란 단순한 단어도 많은데 항전이라. 고대 용사의 검을 들고 있다고 해서 너무 자만하는 게 아니오? 제국 최정예를 상대로 너무 허세를 부려봐야 뒤가 불편할 뿐이오."

"검 하나에 주저해서 진군을 멈춘 사내에게서 나올 말은 아니로군."

데릭의 이마가 꿈틀거렸다. 차마 인정하긴 싫었지만 정곡이었다. 약자에게는 강하고, 강자에게는 약한 데릭의 심성을 직접적으로 자극했다. 그는 자신의 연한 핏줄과 부족한 능력을 인정했기에 황위 쟁탈전에서 논외가 될 수 있었다. 바람기사단의 부단장에 머무른 것도 그런 이유에서였다.

마왕을 쓰러트렸다는 용사의 마검이 가진 힘도 솔직히 두려웠다. 바람의 재상이 여신의 쌍검으로 말미암아 기이하고도 무서운 재주를 부리는 것도 사실. 이미 그걸 겪어본 데릭이나 다른 기사들은 섣불리 나서지 못했다.

하나 지금은 전시 상태. 데릭은 이성을 겨우 되찾았다. 적국의 왕이 눈앞에 놓인 천운이 작용하고 있는 기회가 바로 지금이었다.

바람의 재상이 이끄는 해군이 루티아르의 해군을 굴복시켰다는 소식도 접수한 상태였다. 루티아르를 뒤흔들기 위한 다이헤르의 침공은 가히 순차적인 상황이었다. 결국 데릭은 이번 싸움에서 자신의 명성을 드높이기 위해 선택하였다.

"하. 내가 생각이 짧았던 것 같소."

"그렇다면?"

"나를 비롯해 우리 바람기사단과 자랑스러운 제국의 병사들은 정예 그 자체. 게다가 루티아르를 침공한 입장으로서, 루티아르의 왕이 바로 앞에 있거늘. 누가 마다하겠소?"

레이드는 피식 웃으며 용사의 검을 되잡았다.

"용사의 검을 얻어서 그런지 내가 자만에 빠졌던 것 같군."

용사의 검이 검은 기운으로 물들었다. 그 광경을 지켜보다가 이내 데릭은 부하들에게 무기를 들라는 신호를 보냈다. 뒤이어 왕국군도 카이트의 명령에 따라 함성을 내질렀다.

주위가 함성 소리로 가득해진 가운데 레이드는 조용히 검 끝을 제국군에게로 향했다. 그는 적들을 기운으로서 압도하는 행위도 하지 않았다. 일순간, 단숨에 적들의 틈으로 파고들었다.

푸숙—!

가장 먼저 죽은 것은 데릭의 오른쪽에 있던 기사였다. 어지간한 무기로는 흠집도 못 낼 중장갑이 한 번의 찌르기로 관통당했다. 그나마 데릭은 과연 부단장에 어울리는 완벽한 방어태세를 취했기에 레이드의 공격 목표에서 벗어났다.

데릭의 이마로 식은땀이 맺혔다.

"중장갑을 단 일 합의 찌르기로……? 크으. 모두 쳐라!"

적잖은 충격을 받은 데릭의 눈동자와 레이드의 강렬한 눈빛이 교차했다. 마치 맹수를 대면한 듯 데릭은 애써 눈길을 피했다. 그런 그에게 레이드의 공격이 치고 들어왔다. 주변 기사들이 몸을 던지지 않았다면 데릭의 목은 날아갔을 것이었다.

데릭이 겨우 몸을 피한 가운데 양측의 전투는 걷잡을 수 없는 난전으로 치달았다. 아수라장을 연상케 하는 전면전이었다.

*     *     *

왕국 본토가 전쟁의 소용돌이에 휩쓸리고 있는 그 시점.

동쪽 해안선 방위도 어려운 난관에 부딪쳐 고전 중이었다. 그룬디에는 오르카의 별동대가 전멸했다는 소식을 듣고 고뇌에 잠겨 있었다. 한 수는커녕 두 수를 앞서 보는 레인 디너즈의 실력을 인정해야만 했다.

라이벨과 잭스까지 무너트린 남자이기에 결코 무시할 수 없었다. 그래서 더더욱 그를 왕국 땅으로 들여선 안 됐다. 어떻게든 만반의 준비를 갖춰 대비할 필요가 있었다. 절대로 제국군이 상륙할 수 없도록.

"제국 해군의 동태는 어떤가?"

부관이 답했다.

"예. 아시다시피 해안선에 소부대 단위로 병력을 배치해 놓고 계속해서 전령을 오가게 하고 있고, 봉화대도 항상 확인하고 있습니다만. 아직까지 소식은 없습니다."

"대체 무슨 꿍꿍이인 거지. 북부 전선 소식을 못 들었을 리 만무하고. 별동대로 하여금 우리의 안쪽을 노릴 셈인가? 아니면 단순히 인근 섬에 근거지 확보가 최우선? 제길. 당최 알 수가 없구나. 부관, 대포에 대한 정비는 어떠한가?"

"예. 주기적으로 대포를 관리해 주고 있습니다. 그리고 적군이 어디로 쳐들어오든 그쪽으로 즉각 이동 배치할 수 있도록 각 경계부대마다 충분한 수의 마차를 준비시켜놨습니다."

"그래. 우리의 숫자로는 솔직히 모든 병력을 집중시켜 대응하더라도 막아 낼 수 없다. 그래도 최대한 지리적 이점을 이용해 선제공격을 함으로써 적들의 피해를 늘리는 게 목표. 마지막 한 명까지 불사항전의 기세로 싸운다면, 나머지 뒤처리는 포르테 공작님이나 국왕 전하께서 해 주실 테니까."

어디까지나 해안선 방위군은 기존 해군 방위로 편성되었던 병력 중에서도 극히 일부를 떼어놓은 예비병력 수준이었다. 대부분의 주력은 함대전으로 배치되었고, 결과적으로 제국 함대에게 모두 전사해 버렸다.

제아무리 그룬디에가 훈련에 훈련을 거듭해 용맹한 전사들로 길렀다 한들, 수적 열세로 제국 함대를 막아 낼 여력은 충분치 않았다. 어디로 쳐들어올지 모를 넓디넓은 해안선 방위라면 더더욱.

최대한 효율적으로 싸움을 이끌어가 한 명이라도 더 많은 적군을 바다에 수장시키는 것. 이게 그룬디에를 비롯한 해안선 방위군의 생애 마지막 목적이었다. 그룬디에가 이곳으로 배정받은 날부터 다른 건 몰라도 그것만은 확실히 인식시켰다.

그룬디에는 칼집을 만지작거리며 바다를 바라봤다. 드넓은 바닷길 어디에도 제국군 배는 보이지 않았다. 요 며칠 계속 그래 왔는데…… 한순간, 뭔가가 보였던 것 같은 착각이 들었다. 그는 부관에게 망원경을 받아서 자세히 들여다봤다.

"배다. 제국 함대의 배다. 고작 세 척이지만…… 분명 제국의 것이야. 부관, 포병대에 알리도록. 아니, 내가 직접 포병대를 지휘하겠다."

"저, 그게 백작님……."

"왜? 무슨 일인가?"

"봉화대가…… 해안선을 지키고 있는 소부대들에서 봉화가 피어오르고 있습니다."

"뭐라고……?"

그룬디에는 망원경으로 양쪽 해안선을 쭉 살펴봤다. 부관의 말대로 모든 소부대에서 봉화의 연기가 솟아오르고 있었다. 그렇다는 건 모든 경계지역에서 최소 세 척 이상의 제국 함선들이 오고 있다는 말이었다.

"당했다. 이래선 마차도 무의미. 아니, 각 부대는 세 척의 함선들을 막아 낼 전력이 되던가? 제길! 이곳 본군에 있는 부대를 각 소부대로 분할 배치해서 지원케 하도록!"

그때까지도 알지 못했다. 본군의 병력을 분산시킨 게 얼마나 바보 같은 대처였는지를.

임기응변적인 작전이 처음에는 어찌어찌 먹히는 것 같았다. 병력이 증원된 각 소부대는 적 함선들이 다가오지 못하게 했고, 승전하는 모양새를 보이기도 했다. 제국군이 공격을 멈추고 퇴각했다고 보고한 소부대도 있었다.

"좋아. 어쨌든 적을 막아내는 데는 성공한 것인가."

그룬디에는 기쁘다는 듯 주먹을 꾹 쥐었다.

그러나 금세 절망적인 어조로 변해 버렸다.

"하하하…… 그랬던 것인가……."

텅 비어 버린 본군 쪽으로 제국 함대가 우르르 몰려오고 있었다. 대형 함선들은 모두 흩어진 쪽에 배치돼 있었는지, 속도가 빠른 중형 전함들로만 구성된 함대였다. 급하게 소부대들로 지원을 요청하고 남은 잔여 대포부대로 대응했으나 막아 내지 못했다.

하나둘, 해안에 상륙한 제국군은 배에서 끌고 나온 대포들을 일렬로 정렬시켰다. 이윽고 불씨가 끝에 다다르자 포신이 우레와 같은 소리를 뿜어냈다. 삽시간에 해안방위군 본진이 초토화되기 시작했다.

사령탑에 있었던 그룬디에는 망연자실한 얼굴로 제국군을 바라봤다. 적군의 본대가 무사히 상륙한 시점에서 자신이 준비했던 소부대 배치 전략이 오히려 독으로 변했음을 인지했다. 이제 각 부대는 지휘체계를 잃고 각개격파를 당할 게 자명했다.

"신은 우리 루티아르를 버리신 건가……."

그룬디에는 허망한 얼굴로 창가에 기대섰다. 자신의 무능함에 한숨이 흘러나왔다. 그렇게 사령탑으로 날아오는 포탄을 멍하니 쳐다보았다.

제4장

은의 창이 묻힌 자리

『문관으로서 성공한 사람도 많이 봐왔고, 무관으로 뛰어난 자질을 보인 사람도 수없이 만나 봤다. 개중에는 문무에 모두 밝은 인물도 없지 않았다. 당장 그런 사람이 누구인지 읊어보라고 권한다면 주저하지 않고 읊을 수도 있다. 문무를 겸비한 희대의 인물이라고.

―차코 하밀의 일기 中―』

메를리니는 방 안을 둘러보며 만면에 미소를 담았다. 고급 카펫이 깔린 방바닥에, 벽 언저리에는 화려한 무늬양식의 대자보가 잔뜩 걸려 있었다. 창문마다 순백의 실크로 짜낸 커튼이 구비된 장소였다.

"방이 화려하네요. 과연, 이런 기반을 갖춘 성이라 제국군이 그렇게 목표했던 것이군요."

"다소 사치스러운 면모를 보여드려 부끄러울 따름입니다."

"아뇨. 차라리 잘됐어요. 물자와 보급에 차질이 없는 영지라면 저도 부담 없이 머무를 수 있으니까요."

"그리 말씀해 주시니 몸 둘 바를 모르겠습니다."

아브는 정중한 자세를 견지했다. 그의 가문인 네펜데스 자작가는 대대로 수십, 수백 년 동안 풍족한 재산을 간직해 왔다. 자작이라는 낮은 작위에 비해 엄청난 부를 축적한 케이스였다. 군사적 요지로서의 가치는 없어도 자본력은 무시할 수 없었다.

그래서 제국군 별동대장 지아드도 무리를 해서라도 케노다를 점령하려 한 것이다. 당장 쓸모는 없더라도 병사들의 허기를 달래 주고 싶은 이유였다. 아무래도 전리품 등의 보답이 없는 전쟁은 맥 빠지는 것이었으니까.

메를리니의 입장에서도 마찬가지였다. 그녀 또한 보급의 이점이 없었다면 이곳을 군사적 거점으로 택하지 않았을 것이다.

"이 전쟁이 끝나면, 자작의 공로를 특별히 치하해드리죠."

"크나큰 영광입니다."

"그럼 이곳을 거점으로 남은 제국군에 대한 대처를 논의해볼까요?"

"예."

아브는 지도를 가져와 테이블 위에 펼쳤다. 그의 방을 임시로 지휘통제실로 삼을 계획이었다.

지도 곳곳에 체스 말이 올라갔다.

"왕비 마마께서도 아시다시피 제국군과 우리 왕국군은 주로 남부와 중부, 혹은 동부 쪽에서 접전을 펼치고 있습니다. 우선 왕비 마마께서 계셨던 북부군은 지금쯤 로우 르 포르테 공작님의 지휘 하에 남하 중일 테고, 레이드 전하께서 바람기사단 부단장 데릭 폰 이틀로이하가 이끄는 제국군을 무찔렀다는 보고가 들어왔습니다."

메를리니의 동공이 커졌다.

"전하께서요? 어디쯤이죠?"

"제토 숲 인근입니다."

"서중부에 계신 게 아니었나요?"

"자세한 경위는 모르겠습니다만, 중앙의 주력 병력을 이끌고 계신 것 같습니다."

아브는 다음으로 동쪽 바다 부근을 가리켰다. 아군을 뜻하는 흰색 비숍이 검은색 킹에 밀려 이탈했다.

"레인 디너즈가 이끄는 제국군의 본대가 그룬디에 선틀 백작님의 방위군을 격파하고 상륙했다는 정보가 있었습니다. 아마 지금쯤이면 해군을 육군으로 개편하기 위해 정비 중일 것이라 사료됩니다."

"그룬디에 선틀 백작……."

메를리니는 이마를 어루만지며 입술을 꾹 물었다. 그룬디에 선틀은 그녀에게 더없이 소중한 사람이었다. 그는 12년의 회귀를 거치고 얻었던 수많은 가신, 또는 동료라고 부를 만한 인물 중 하나였다. 가장 빨리 인연을 맺은 사람이라고 해도 과언이 아니었다.

가끔 체스를 함께 두면서 무료한 나날을 즐겁게 보내게 해 준 고마운 남자였다. 이번 전쟁이 끝나면 그 공로를 인정해 그를 아들 라빈의 든든한 후원인으로 둘 생각이었다. 아니, 이미 그에겐 그럴 자격이 충분했었다.

메를리니의 추천으로 동쪽 방면 사령관으로 임명되었고, 앞으로도 이번 전쟁의 승전을 발판 삼아 쭉쭉 올라갈 인물이었거늘. 결과적으로 메를리니의 판단이 그를 죽음으로 내몬 꼴이 되었다. 친우이자 가신이었던 한 사내의 죽음 앞에 메를리니는 가슴이 미어졌다.

"……남부 사정은 어떤가요?"

"아, 예. 왕비 마마께서 계셨던 딜리아트 성을 제국군 별동대의 본군이 에워싸고 있습니다. 그곳에는 왕태후 마마와 라빈 왕자님도 계시기 때문에, 레인 디너즈의 본군과 마찬가지로 요주의 접전지입니다."

"그래서 전하께서도 친히 군을 일으킨 것이군요. 지금 전하께선 제가 이곳에 있는 사실을 아시나요?"

"예. 원래는 모르셨습니다만, 이번에 저희 쪽과 파발로 정보를 공유하면서 아셨을 거라 사료됩니다."

"다행이네요."

메를리니는 손가락으로 지도 이곳저곳을 매만졌다. 자신의 고향 땅에서부터, 레이드가 있는 곳, 그리고 딜리아트 성 위에 놓인 화이트 퀸을 살며시 쥐었다 놓았다.

딜리아트에는 라빈뿐만 아니라, 이르에와 유지니도 함께였다. 그룬디에의 전사 소식을 들은 직후라 걱정이 이만저만이 아니었다.

\*　　　\*　　　\*

화이트 퀸이 상징하는 건 루티아르의 진정한 왕비라고 불려온 중년의 여인이었다. 루티아르의 실질적인 권력자를 자처해 온 여장부, 데레니아 폰 루티아였다.

평소의 데레니아는 신경증 환자라고 해도 과언이 아니었다. 막중한 책임으로 인한 스트레스와 긴장이 상상을 초월한 데에 따른 고질병이었다. 왕비가 된 후로 그녀는 하루도 암살이나 위해에 대한 위협에서 자유롭지 못했다.

루티아르의 최고 권력자로 군림한 게 오히려 언제 나락으로 추락할지 모를 고통의 나날이었다. 남편이었던 선왕 루투스는 보통의 통치자들처럼 아내를 한 명만 두지 않았고, 후궁들도 몇몇 품었다.

결과적으로 후궁들과의 권력투쟁에서 승리하고 당당히 왕을 독차지했지만, 역시 그 길은 순탄치만은 않았다. 그 모든 게 아들을 위한 거였는데, 웬 근본도 없는 계집이 아들의 아내가 되는 걸 보니 울화통이 터진 적도 있었다.

물론 지금에 와서는 그 며느리가 참으로 대단하단 걸 인정하는 입장이었다.

"우리 아가, 속은 좀 괜찮은고?"

"네. 할머니."

"대견하구나."

데레니아는 라빈의 머리를 부드럽게 쓰다듬었다. 이토록 귀엽고 사랑스러운 손자가 또 있을까. 참으로 전시 상태라는 게 무색한 기분이었다. 지금도 이곳 딜리아트 성 바깥에는 이를 박박 갈고 있는 제국군이 한가득이었음에도.

"웃챠. 우리 예쁜 손자."

라빈을 번쩍 안아 올렸다. 데레니아는 라빈이 해맑게 웃는 것만 봐도 행복했다. 장차 루티아르를 이끌어 갈 소중하고 고귀한 아이였다. 며느리에 대한 덧없던 미움 따위는 이제 정말 무의미한 게 된 지 오래였다.

북부 전선을 돌아보겠다며 사라졌다는 이야기를 들었을 때, 며느리가 적대시할 존재가 아니라는 걸 다시금 깨달았다.

"할머니."

"응? 왜 그러니?"

"아버지와 어머니가 보고 싶어요."

"어이쿠, 그래? 금방 올 거란다. 우리 손자가 좋아할 선물을 한 움큼 챙겨서 올 테니 기대하려무나."

"와! 정말요?"

"그럼 정말이지. 이 할미는 우리 라빈에게는 거짓말을 하지 않아요."

데레니아는 조심스럽게 라빈을 내려주었다. 유지니에게 라빈을 맡긴 그녀는 이내 환한 미소를 지우고 진중한 얼굴로 향설을 맞이했다.

향설은 전황에 대해 보고했다. 그녀의 이야기를 듣는 동안 데레니아의 미간에 주름이 하나씩 짙어졌다.

"아직도 칼스, 그랜달, 지크, 란스에게서는 아무런 연락이 없나?"

"예. 칼스 페르난도 경은 왕태후 마마의 명령대로 국왕 전하를 찾으러 간 상태로 아직 소식이 없습니다. 그랜달 에리오트 경은 백가기사단을 이끌고 동부로 출발한 뒤로 연락 두절. 지크 바란 경과 란스 레펜드람 경은 아시다시피 각각 외국으로 파견 나간 상태 그대로입니다."

데레니아는 슥 턱을 괴었다.

"결국 지금 이곳을 지키는 여섯 기사는 향설 너와 차코 뿐인가."

"예. 송구스럽게도 그렇습니다."

"차코는?"

"성벽 위에서 적들의 동태를 살피는 중입니다. 이르에 조니악 경도 함께 있습니다."

"흐음. 전략전술에 있어선 차코가 뛰어나니 역시 믿을 수밖에 없겠구나. 나도 나이가 들어서 이제 이런 일로 골치 아픈 건 딱 질색이야. 여생은 손자가 자라는 걸 지켜보며 편안히 보내고 싶구나."

진심이었다.

한때는 검술이나 전쟁론에 깊게 심취했을 정도로 열심히 살아왔다. 돌이켜 보면 참으로 번잡스럽게 살아온 것 같아서 새삼 기분이 싱숭생숭했다. 이젠 그저 아무 변화 없이 왕국의 존망이 그대로 유지되길 바라는 마음뿐이었다.

이곳 딜리아트에서의 전투를 차코에게 모두 일임한 것더 그런 이유가 적잖게 작용했다. 그녀의 그런 바람을 아는지 모르는지 정작 성벽 위에선 차코와 이르에의 실랑이가 한창이었다.

"조니악 경, 정녕 그게 가능하다고 봅니까?"

"아마도."

"이곳은 유리 그림자 산맥이 아닙니다. 적군은 전쟁경험이 부족한 루티아르 남부군이 아니라, 제국군의 최정예란 말입니다. 지금까지는 적이 별다른 반응을 보이지 않아 버틴 것뿐입니다."

차코의 질책 비슷한 언사에 이르에는 일부러 튕기듯 대꾸했다.

"당신 말대로 적군이 본격적으로 공세를 펼쳤을 때 무너질 상황이라면 이대로 손 놓고 있을 순 없잖아. 그리고 설사 가능성이 희박하더라도 우리가 살려면 이 방법밖에 없지 않나? 지난번 반란 진압 때는 내 무용을 믿고 작전을 펼치더니 이번엔 왜 그러는데?"

"그때와는 상황이 달라도 너무 다릅니다. 전략 쪽에도 발을 담그신 분께서 대체 왜 이러시는 겁니까? 아무리 소수가 다수를 상대함에 있어 그나마도 사기가 중요하다지만 무모한 건 무모한 겁니다."

차코는 열변을 토하듯 목소리를 높였다. 그가 그러든 말든 이르에는 더 듣기 싫다는 투로 모르쇠를 일관했다. 지휘관 둘이 그러고 있으니 부관들은 더 답답한 마음이었다.

단순히 의견이 안 맞는 문제가 아니었다. 둘의 대화는 더 이상 토론과는 별개의 것이 되었다. 다른 이들이 보기에는 말싸움을 하는 걸로 비쳤다. 물론 두 사람이 주변의 시선을 의식할 인물들은 아니었다.

이르에가 바짝 성을 냈다.

"그럼 어떡하라고? 아니 어떡할 건데? 다른 방법이 있나?"

"사기가 중요한 건 사실이나, 그래도 안 되는 건 안 되는 겁니다."

"차코, 당신이야말로 억지잖아. 으휴! 이 화상아."

차코는 표정을 굳히며 말했다.

"화상이라도 좋습니다. 나가시면 안 됩니다. 이 전장은 우리 두 사람의 목숨만이 걸린 곳이 아닙니다. 왕태후님과 왕자님도 계신 매우 중요한 거점. 우리 루티아르 왕국의 존망이 걸린 시점에 조니악 경의 독단으로 문제를 만들 순 없습니다."

"아아! 알겠다고. 무모한 짓 하지 않을게. 으휴!"

그렇게 이르에가 두 손, 두 발 다 들었다는 투로 항복 선언을 했다. 그녀는 연신 툴툴대며 성곽을 발로 찼다.

차코도 더는 이 건으로 왈가왈부하지 않았다. 그는 옳고 그름을 떠나 이르에가 자존심을 굽히고 양보를 해 준 것에 경의를 표하고 싶었다. 그녀 또한 수많은 격전을 거치며 전투에는 이골이 난 사람이었으니 존중해 줘야 마땅했다.

얼른 주제를 바꾸고자 차코는 제국군의 동향 쪽으로 대화를 전환했다.

"근데 제국군은 어째서 충분한 양과 질을 갖추고도 눈치만 보고 공격을 안 하는 것인지 모르겠습니다. 이곳을 점령해서 왕태후님이나 왕자님을 확보한다면 이 전쟁의 흐름을 확실히 자기들 것으로 만들 수 있을 텐데 말입니다."

"글쎄 왜일까? 나도 저 녀석들의 의도는 잘 모르겠어. 북부에서 내려올 예정이었던 지상군도 패했으니 시간이 많지 않을 텐데. 녀석들은 이곳을 함락시키는 게 최우선이 아니었던 걸지도. 그렇다고 단순히 다른 곳을 각개격파하는 게 더 우선적이다? 아니야. 그런 일직선적인 생각을 할 리가……."

이르에도 공과 사를 구분 못 할 정도로 맹추는 아니었다. 방금 의견대립은 제쳐 두고, 집중해서 제국군의 의도를 파악하려고 궁리했다. 이럴 땐 또 죽이 잘 맞았다. 서로에 대한 신뢰는 충분히 갖추고 있었다.

턱을 어루만지며 진지한 자세를 견지하는 이르에를 차코가 흐뭇한 얼굴로 바라봤다.

"뭔가 대단한 결정타를 노리고 있는지도 모릅니다."

"그래, 맞아! 결정타! 혹시 그런 거 아니야? 제국군 녀석들, 뭔가를 기다리고 있는 거야. 가령 레인 디너즈가 이끄는 본군이라든가."

"예. 하지만 첩보상으로 대군이 이곳으로 향해 온다는 이야기는 없었습니다."

"아, 흐음, 역시 그건 아니려나…… 아악. 크흡."

"무슨 일입니까? 괜찮으십니까?"

"아, 별거 아니야. 그냥 치통, 치통. 괜찮아."

이르에는 입을 가리고 괜찮다고 재차 강조했다. 그러나 그녀는 진짜 다가올 치명타를 인지하지 못했다. 위험은 조금씩 아주 조금씩 그녀를 잠식하기 위해 다가오고 있었다. 치통이라는 불시의 복병이……

\*　　\*　　\*

저녁까지는 그래도 좀 버틸 만했다. 며칠 전부터 간간이 일었던 거라 꽤 익숙해져 있었다. 그러나 아침나절부터 고통은 극에 달했다.

"아으윽!"

이르에는 에는 듯한 치통에 시달렸다.

부하들은 이르에의 치통을 낫게 해 주려고 부단히 노력했다. 그럼에도 불구하고 이르에는 여전히 외과적 수단만은 받아들이지 않겠다고 버텼다.

오후 무렵, 이르에의 방으로 차코가 찾아왔다. 치통 때문에 방 안에 박혀서 궁상떨고 있는 게 안타깝기도 하고 답답하기도 했다.

"대체 왜 버티는 겁니까? 이유나 압시다."

"말도 마. 전에 늙은 부하 하나가 충치를 남김없이 뽑은 뒤 죽만 먹는 걸 본 적이 있어. 이를 뽑을 때마다 건물이 무너져라 소리도 질러댔었지. 그래, 지금 나처럼…… 으으……."

"그러니까 요점은 죽만 먹게 될까 봐 걱정인 거랑, 너무 아플까 봐 두렵다는 겁니까? 은의 창이라고 불리는 여인이 보여 주는 모습치곤 굉장히 난감하군요."

"……"

차코가 실실거리는 꼴을 보니 한 대 쥐어박아 주고 싶었지만 사실이니 그러기도 뭐했다. 그 순간 치통이 다시 도져서 악! 소리를 질렀다. 이르에는 처음 겪는 치통에 전에 없는 공포감까지 들었다.

"그러지 말고 이빨을 뽑으십시오. 싸움 좀 하시다 보면 이빨이 나가거나 하는 건 일상 아닙니까. 명색이 왕비의 수호기사나 되시는 분이 치통 때문에 고생하다니요."

"그것과는 다르다고. 제길. 진짜 아프다고."

"어련하시겠습니까."

차코는 가벼운 한숨을 내쉬며 방을 나갔다. 그가 나간 뒤로도 이르에는 진통을 위해 다양한 방법을 시도해 봤으나 전부 실패했다. 괜히 잘못 건드렸다가 얼굴과 목에 신경통이 생겨서 더 고생 죽을 먹었다.

그날 저녁, 차코가 의무병을 데리고 다시 찾아왔다. 그는 전황에 대한 보고를 마치더니 별안간에 자신의 치아를 보여주었다. 이르에 정도는 아니어도 살짝 썩은 치아였다.

이르에는 멀뚱히 차코를 쳐다봤다.

"그게 왜?"

"사람은 누구나 충치 하나 정돈 갖고 있습니다. 제 것도 그리 심하지 않지만 가끔씩 치통이 있지요. 많은 사람들이 충치로 고생하다가 뽑아 버리는 선택지를 고르곤 합니다.

조니악 경도 지금 그 시점에 직면한 것입니다. 자, 지켜보십시오."

차코는 이르에가 보는 앞에서 자신의 충치 하나를 먼저 뽑아 보였다. 의무병이 치료를 마치는 그 순간까지도 아픈 티를 전혀 내지 않았다. 마취를 했기 때문이라고 강조하면서, 이르에에게 마취를 하고 충치를 빼내면 하나도 안 아프다고 설득했다.

결국 이르에는 의무병과 차코의 도움으로 마취 끝에 충치를 빼냈다. 차코의 말대로 통증이 전혀 없었다. 눈 몇 번 깜빡이다가 끝나버렸다. 입안에 핏물이 좀 고이는 것 외엔 불편한 것도 딱히 없었다.

거기까진 참 좋았다.

마취가 풀리면서 지옥이 시작됐다. 이르에는 격통으로 침대 위에서 이리 구르고 저리 구르고 난리도 아니었다. 이불에 파묻혀서 소리를 질렀다. 그 남자의 이름을! 찢어져라 소리쳤다.

\*　　　\*　　　\*

이튿날도 제국군에게서 별다른 반응은 없었다. 여느 때와 마찬가지로 조용하고 평화로운 나날이었다. 한 명만 빼고.

이르에는 씩씩거리며 차코의 방으로 쳐들어갔다. 발로 쾅 차면서 입장하니 차코가 헐레벌떡 놀라서 쳐다봤다.

"가, 갑자기 무슨 소란이십니까?"

"그쪽이야말로 감히 날 속여?"

"엥? 속이다뇨? 무슨 말씀이신지……?"

"하나도 안 아프다며! 마취 풀리니까 아주 죽겠더만! 지금도 아프다고!"

"그야 마취가 풀리면 당연히 약간의 통증은 있는 법이죠. 그래도 충치 때 일었던 치통에 비하면 훨씬 낫지 않습니까?"

그렇긴 했다.

치통으로 고생하던 때랑 비교하면 덜 아픈 수준이었다. 이르에는 흠흠, 목소리를 가다듬더니 순찰해야겠다며 방을 나갔다.

차코는 쾅 하고 닫힌 문을 바라보며 피식 웃었다.

그날 밤, 이르에는 치통으로 잠을 설쳤다. 고통 때문에 뒤척이고 있는데 노크 소리가 들렸다. 이 시간에 누구지? 싶어 자리서 일어났다. 방문을 열어 보니 누군가가 그녀의 방 앞에 뭔가를 두고 갔다. 바르는 약과 마시는 음료였다.

"웬 약이람."

뭔가 싶다가도 고통 때문에 잠을 설치느니 한 번 써보기로 했다. 고약한 냄새가 나는 음료를 마시고, 약을 이빨 뽑은 자리에 슥슥 발라주었다. 그러고 침대에 누우니 웬걸. 통증이 눈에 띄게 가셔서 잠이 잘 왔다.

이르에는 점심 무렵이 돼서야 정신이 들었다. 오랜만에 단잠을 자서 그런지 몸이 상쾌했다. 창문을 활짝 열고 활기차게 하루를 시작하기로 했다.

찌뿌드드한 몸을 이끌고 허기를 달래러 갔다. 그런데 웬걸. 식당에서 어쩐 일로 죽이 나왔다. 벌써 식량이 부족해진 건가 싶어 살짝 걱정이 됐다. 보급은 무엇보다 중요한 사안. 얼른 조리장을 불러서 물었다.

"조리장, 오늘은 왜 죽이야? 우리 식량이 벌써 그렇게 위기인 거야? 진즉 말하지 그랬어."

"예? 못 들으셨습니까? 차코 하밀 경께서 앞으로 식량 조절을 해야 한다고 오늘부터 며칠간 간소하게 먹자고 제안하셨습니다."

"아아, 그래? 당장 식량 문제가 있는 건 아니고?"

"예예. 여유 있습니다."

"흐음. 알겠어."

이르에는 조리장을 돌려보내고 죽을 한 모금 입에 물었다. 액체로 된 음식이라 그런지 먹는 동안 통증이 덜했다. 아니, 먹는 동안 통증이 사라지는 것 같은 기분마저 들었다. 따뜻한 죽이 몸을 따뜻하게 데워줘서 마음도 한결 편안해졌다.

"얼떨결에 그 작자의 도움을 받아버렸는걸. 이유야 어찌 됐든 고맙다는 인사 정도는 해 줄까."

이르에는 식사를 마치고 차코의 방으로 찾아갔다. 목소리를 가다듬고 똑똑, 노크를 했다.

반응은 없었다.

다시 노크해 봐도 대답이나 인기척이 없었다.

"응? 문이 열려 있었네."

이르에는 조심스럽게 문을 열고 들어가 기웃거렸다. 방 안에는 아무도 없었고, 웬 풀잎사귀들이 책상 위에 가득했다. 몹시 고약한 냄새가 잔뜩 풍겨서 더 참지 못하고 밖으로 나왔다.

"어휴. 방 청소나 하고 살지. 냄새도 심각하고…… 어, 가만 그 냄새. 언제 맡아본 적이 있었던가. 에이, 모르겠다."

그 길로 성벽 위에 올라가 적진을 둘러봤다. 역시나 잠잠했다. 당최 적군의 생각이 무엇인지 감이 잡히질 않았다.

그날도 소규모 공성전이 벌어졌을 뿐 별다른 변화는 없었다. 차츰 이곳이 전장인지 아닌지도 헷갈리기 시작했다.

평화 아닌 평화에 모두가 익숙해져 갈 즈음.

날이 저물기 무섭게 제국군이 파도처럼 밀려들어 왔다. 딜리아트 성의 왕국군은 머릿속으로 왜? 어째서? 라는 의문을 던졌다. 정황 보고에서도 딱히 달라진 게 없는데 왜 공격하는 건가 싶었다.

이튿날도 아침부터 치열한 공방전이 벌어졌다. 여전히 주변 전황 중 이곳에 영향을 줄 만한 요소는 없었다. 혼란이 가중되는 가운데, 성곽 위에서 지휘를 맡고 있었던 이르에의 시선에 비로소 달라진 게 포착되었다.

"바람기사단 단장 나으리가 납셨구만."

제국군 중앙 깃발이 바뀌어 있었다. 보다 크고 화려한 문양의 깃발이었다. 무리를 이끄는 대장이 바뀌었다는 직접적인 표식. 즉, 해상으로 들어온 바람기사단의 주력이 합류했다는 뜻이었다.

"이제부터 진짜 공성전을 하게 되겠구만. 윽."

별안간에 치통이 도졌다.

\*　　\*　　\*

제국군의 맹공이 계속되자, 딜리아트의 왕국군은 병사들이고 지휘관들이고 모두 정신이 없었다. 새삼 이곳에 왕태후와 왕자가 있다는 사실이 인지되는 요즘이었다. 생각하기에 따라서는 왕이나 왕비가 있는 곳보다 더욱 중요한 장소였다.

　그 점이 왕국군의 싸울 이유를 고취시키기도 했지만, 한편으로는 부담으로 다가와 사기를 떨어트리는 요소로도 작용했다. 거기에 평화 아닌 평화가 낳은 태만과 반작용도 컸다.

　전장의 흐름을 보고 간극을 재고 있었던 차코는 이대로라면 딜리아트 성을 제대로 지켜낼 수 없을 거라 판단했다.

　늦은 밤. 차코는 향설을 따로 불러서 전황에 대해 이야기를 나눴다.

　"란 콘라드가 이끄는 최정예와 합쳐진 제국군은 지금까지와는 차원이 다릅니다. 이제 딜리아트는 안전지대가 아닙니다. 왕태후 마마과 왕자님 두 분의 안전을 더는 보장해드릴 수 없습니다. 딜리아트 함락은 시간문제입니다."

　거기까지만 말했을 뿐인데, 향설은 차코의 의도를 파악했다.

　"왕태후께서 상심이 크시겠군요."

"예. 여섯 기사로서 면목이 없습니다."

"아뇨. 하밀 경이 스스로를 희생한다는 것에 상심이 크실 거란 말이었습니다. 아무리 여섯 기사라는 칭호를 달았더라도 능력의 한계는 존재하는 법. 지금이라도 다시 한 번 생각해 보시는 건?"

차코는 고개를 절레절레 흔들었다.

"상징적인 존재가 죄다 도망가 버려서야. 최후의 한 명까지 항전하면서 적들의 시선을 이곳에 집중하려면 어쩔 수 없습니다. 뚜렷한 적을 상대해야 할 목적이 상실된 전쟁에는 아무런 의미가 없으니까요. 그러니 저 혼자 남아서라도 적의 시선을 돌리고 있어야지요."

"그 말인 즉, 후우. 하밀 경도 어지간하군요. 그래 봐야 미움만 받을 텐데."

"하하하, 차라리 미움을 받는 게 낫겠지요. 다행히 이곳 딜리아트는 예로부터 왕족의 최후 보루로 존재했던 곳. 아주 훌륭한 비상구도 있으니 아무쪼록 잘 부탁드립니다."

"예. 차질 없도록 하겠습니다."

향설은 흘끗 차코의 품을 살폈다. 악취가 진동하는 보따리를 품에 안고 있었다. 그 모습을 보자니 괜스레 안쓰럽다는 기분이 들었다. 결국은 이 또한 차코라는 남자가 선택한길. 모른 척해 주고 향설은 자기 숙소로 향했다.

차코도 서둘러 걸음을 재촉했다. 품에 든 보따리를 각별히 애지중지하며 이르에 방에 도착했다. 문 앞에 보따리를 놔두고 돌아서려는 찰나, 기둥 뒤에 숨어 있었던 이르에가 나타났다.

"역시 당신이었나."

"아하. 들켜버렸군요."

"'아하, 들켜버렸군요'는 무슨. 병 주고 약 주시나."

"중요한 전투를 앞두고 지휘관이 치통으로 고생해서야 쓰겠습니까."

차코는 빙그레 웃었다.

이르에는 뭐라 더 쏘아붙이려다가 이내 입안에서만 굴렸다. 이 남자의 의도는 모르겠지만, 약을 챙겨 준 게 나쁜 행동은 아니었으니까. 오히려 고맙다고 답례라도 해 줘야 할 판이었다.

"으흠흠. 고, 후우, 아무튼, 아, 아니다."

고맙단 말이 나오질 않았다. 이르에는 후우, 숨을 고르더니 약 보따리를 챙겨 들었다.

차코가 말했다.

"제국군의 기세가 대단하니 약 드시고 얼른 나으시길 바랍니다. 그럼 이만, 안녕히 주무십시오."

"어어, 당신도."

이르에는 방문을 잠그고 침대에 앉았다. 차코가 준비해
준 약을 이에 바르고 음료를 컵에 따랐다. 이전에 먹었던
것보다 더 묽고 진한 색에 냄새도 심했다. 약은 쓸수록 몸
에 좋다는 말도 있어서 코를 막고 쭉 들이켰다.

몇 분 지나자, 약발이 들었는지 입속 통증이 싹 가시는 느
낌이었다. 그대로 침대에 누워서 천장을 바라봤다. 내일은
제대로 고맙단 말을 해 줄까 하고 머릿속에 굴려 봤다. 뭔가
보답을 제대로 해 주겠다고 생각하며 스르르 잠이 들었다.

그리고 시간이 얼마나 흘렀을까.

부스스한 얼굴을 만지작거리며 정신이 들었다. 눈부신
햇빛이 눈을 적셨다. 구석진 방이라 아침이더라도 이렇게
빛이 비칠 리 없는데…… 뭔가 이상했다. 슥 눈을 떠보니
익숙하지 않은 검은색 천장이 보였다.

순간 정신이 확 들었다.

"깨셨군요."

"에에…… 향설? 여, 여긴 어딥니까?"

이르에의 몸은 마차에 누워 있었다.

마주 앉아 있었던 향설이 턱을 괸 채 말했다.

"이동 중이고. 대충 위치는 라딘보르쯤?"

"……라, 라딘보르? 딜리아트가 아니고? 대체 아, 으 으……."

"수면제가 독하긴 독했나 보군요. 하밀 경도 참…… 어지간히 걱정됐나 봅니다. 조니악 경이 일찍 일어날까 봐 말입니다."

"무, 무슨……?"

"지금 우리는 왕태후 마마와 왕자님을 모시고 중부로 향하는 중입니다. 밤을 틈타 비상구로 이동했죠. 아마 지금쯤이면 하밀 경이 이끄는 결사부대가 제국군의 총공세를 막아 내고 있을 겁니다. 적들의 눈을 속이기 위해서요."

"……."

"하밀 경도 그렇고, 조니악 경도 그렇고 모두 바보로군요."

이르에는 도통 무슨 말인지 모르겠다는 얼굴이었다. 이내 그녀는 향설로부터 자초지종을 들은 후, 마차가 꺼져라 오열했다.

\*　　　\*　　　\*

란 콘라드는 잔뜩 들떠 있었다.

딜리아트를 함락시키고 공을 세운단 사실 때문은 아니었다. 수적 우세로 밀어붙인다니, 그것은 도리어 말하지 못할 수치에 가까웠다. 단지 그는 언제고 한번 겨뤄보고 싶었던 이들을 상대한다는 것에 기뻤다.

루티아르의 진정한 권력자라고 불리는 데레니아 왕태후를 비롯해, 그녀를 모시는 직속 여섯 기사 중 두 명이 있었고, 은의 창이라는 별명과 함께 붉은 왕비를 모시는 여기사 이르에 조니악도 있었다.

"벌써부터 침이 고이는군. 어느 하나 탐스럽지 않은 게 없지 않은가."

먹음직스러운 상대를 제압해서 삼킬 수 있다는 환희. 란은 주체할 수 없는 흥분에 빠져 있었다. 하지만 그가 그럴 때면 꼭 나타나는 이가 있었다. 언제나처럼 그 흥분의 자제를 바란다며.

"단장님. 그러시면 안 됩니다. 저희의 주 임무는 빠른 시일 내에 딜리아트를 함락시키고 왕태후와 왕자라는 두 기둥을 허물어트림으로써 왕국군의 전체적인 기세를 누르는 겁니다. 이미 바람의 재상께서도 적의 주력을 상대로 진군 중이시지 않습니까."

"아아. 알겠으니 그만하게."

"중요한 전투라는 것을 알아주십시오."

부관 모알스는 재차 강조했다.

그도 그럴 것이 란이 이끄는 바람기사단 주력이 합류한 뒤로도 아직 딜리아트를 공략하지 못했다. 무너질 듯하면서도 어찌어찌 버티고 있었다. 딜리아트에 주둔 중인 왕국군의 실력을 인정해 줘야만 했다.

란이 칼집을 매만졌다.

"모알스, 자네 말대로 슬슬 승부는 내야겠지. 난 그저 강자들을 마주한 나머지 들뜬 것뿐이야. 강자가 강자를 원하는 건 당연하지 않은가?"

"그건 그렇습니다만. 상황의 여의치 않은 거지요."

"상황이라. 얼마 전 쓰러트렸던 광하의 백작에게서도 훌륭한 승리였다고는 볼 수 없었지. 뭐 그건 제쳐 두고라도 당장 전투에 집중해야겠지. 나도 나름 공과 사는 구분하는 편이니, 내일부터 승부처를 다지도록 하겠다."

"예."

"그러기 위해선 병사들의 사기를 북돋아줄 필요가 있겠지. 잠시 영내 순찰을 다녀오겠다. 나머지는 자네에게 맡기지."

"예. 알겠습니다."

란은 나머지 정리를 모두 모알스에게 넘기고 막사를 나섰다. 그리고 영내 순찰이라는 자랑스러운 명목은 어디다 처박아 놓고 병사들과 어울리며 놀아버렸다. 근엄한 지휘관과는 거리가 멀었지만. 그 또한 병사들의 분위기를 북돋기 위한 나름의 방법이라면 방법이었다.

*    *    *

오래전이라면 오래전.

딜리아트 전투 이전에, 차코와 이르에가 처음으로 호흡을 맞춘 전투가 있었다. 정확히는 전투라는 명칭을 붙여주기에도 뭐한, 단 며칠 만에 결착이 났던 반란군 토벌전이었다.

차코는 대포들의 포격준비를 마치고 휴식을 취하는 중이었다. 그때 이르에가 다가오더니 팔짱을 끼며 대포에 몸을 기댔다.

"어찌 준비는 잘돼가고 있는지?"

차코는 잘게 웃으며 답했다.

"하하하, 뭐 그렇지요."

"어째 마음의 여유가 느껴지는데. 그 정도로 이번 작전에 믿음이 가는 건가?"

"거창한 책략이 아닙니다. 아니 책략이라고 하기도 뭐하 군요. 이건 단지 '믿어지지 않을 엄청난 전력' 이 있기에 가 능하고 또 거기에 맞춰진 작전일 뿐입니다."

이르에는 심드렁한 표정이었다.

"흐음. 믿어지지 않을 엄청난 전력이라. 혹시 그 전력에 나도 끼는 건가?"

"당연합니다. 은의 창 이르에 조니악 경은 문무를 겸비 한 희대의 여기사. 누구와 싸우게 된다 한들 조니악 경의 실력은 빛을 발할 겁니다. 은의 창은 그럴 만한 자격이 있 습니다."

이르에는 어이가 없다는 듯 헛웃음을 내쉬었다. 그때 보 였던 그녀의 미소가 머릿속에 아른거렸다.

회상을 마친 차코는 다시금 전장을 돌아보았다.

답이 보이지 않는 전장.

결코 이기지 못할 싸움이었다. 그저 결사를 맹세한 700 명의 용맹무쌍한 전사들을 믿어야 하는 전투였다. 딜리아 트에서 펼쳐질 최후의 항전은 다른 격전지의 훌륭한 거름 으로 남아야만 했다. 그러기 위해 남은 결사부대였다.

차코는 경계를 서고 있는 병사들에서부터 쉬고 있는 병 사들까지 모두 격려해 주었다. 그가 직접 돌아다니며 의지를 북돋아주니 병사들의 사기가 고무되었다.

우렁찬 함성이 이어졌다. 결의를 다지기 위한 목소리였다. 그들 모두는 패배를 직감했지만 패배를 바라보진 않았다. 그들에겐 명분도 목적도 아닌 신념이 있었다. 서로 죽음을 각오한 피의 맹세를 나누고 딜리아트에 뼈를 묻기로 다짐했다.

제국군도 왕국군에 화답하듯 격한 목소리로 외쳐 댔다. 양측의 목소리가 뒤엉키면서 딜리아트의 종막이 다가왔다.

차코는 마법사답게 후방에서 마법으로 보조해 주면서 지휘체계를 관리했다. 자신에게까지 핏물이 튀진 않았지만, 그렇기에 부하들이 죽는 걸 지켜보며 가슴에 피멍이 드는 기분이었다. 마지막 기력이 다할 때까지 버틸 심산이었다.

반면 제국군의 우두머리 란은 달랐다. 그는 선두에서 왕국군의 방어선을 뚫고 나갔다. 사다리로 성벽에 오르는 것도 그가 제일 빨랐다. 한 번 올라오니 혼자서도 공간을 만드는 데 전혀 무리가 없었다.

대장이 직접 성벽 위에 공간을 마련해두자 제국군의 기세가 더욱 올랐다. 성벽 위가 점점 제국군으로 들어찰 즈음, 성문도 뚫렸다.

차코는 마법으로 만든 얼음화살을 적장 란 콘라드가 있

는 곳으로 조준했다. 이윽고 하늘에서 쏟아지는 얼음세례에 성벽 위 제국군이 고꾸라지기 시작했다. 무수히 많은 얼음화살을 이리저리 쳐내며 버틴 것은 란뿐이었다.

"쳇. 차코 하밀인가. 이대로는 좋지 않은데."

성벽 위 왕국군의 기세가 다시 올랐다. 란은 적들의 불사항전에 전율을 느꼈다. 비록 적이지만 분명 훌륭한 모습이라고 생각했다.

그래도 기본적으로 양과 질에서 차이가 엄청났다. 아무리 죽음을 각오했다 한들 란이 이끄는 제국군 정예를 상대로는 역부족이었다.

차코는 슬슬 한계를 느끼고 병력을 색다르게 운용했다. 란이 이끄는 제국군에게 성벽을 넘겨주고 제국군을 일정 범위까지 성 안으로 들였다.

"무슨 속셈이지?"

란은 왕국군이 배수의 진을 치려는 건가 싶었지만, 금세 생각을 바꿨다. 아니, 바꿔야만 했다. 왕국군은 특이한 배열을 갖추며 란을 중심으로 포위망을 구축했다. 그리고 바로 치고 들어왔다. 오로지 목표는 적장 란 콘라드였다.

"하하하! 그래! 이런 맛이 있어야지!"

감정의 봇물이 터졌다. 란은 신나게 왕국군을 베어 넘겼다. 한 명을 죽이면 또 다른 한 명이 덤벼들었다. 적장을 잡는 건 병법의 기본 중 기본. 그렇게 달려드는 적들을 베어 버릴 때의 쾌감은 말로 설명할 수 없었다.

종전이 눈앞이었다.

조용하고도 음산한 목소리들이 일제히 공기에 잔잔하게 울려 퍼졌다. 바람기사단에서도 기사단장만을 호위하도록 조직된 정예 무력 집단 흑사자의 포효 20명은 순식간에 결사대 50여 명의 앞길을 막아버렸다.

이미 체력적으로 한계에 달해 있었던 결사대는 흑사자의 포효에 묻히듯 그렇게 쓰러져 갔다.

피바람이 한차례 일고 지나간 전장에는 차코와 몇몇 왕국군만이 남아 있었다. 차코는 비통한 심정을 머금고 바닥에 주저앉았다.

그 앞으로 란이 천천히 다가왔다.

"차코 하밀 경, 훌륭한 전투였소. 승리자의 여유라고 생각하겠지만 들어주시오. 나는 당신의 능력을 이대로 썩히고 싶지 않소. 풍문으로 들은 바로 당신은 그 누구보다 뛰어난 책략가가 아니오? 신탑 요네룬 출신에 이례적으로 기사 작위까지 하사받은 사내. 비록 이렇게 전쟁에서 적으로 만났지만 그건 내가 어떻게든 해결해 주겠소. 나도 마냥 전쟁광만을 꿈꾸는 남자는 아니오."

순간 차코는 갈등했다. 그의 제안을 받아들인다면 살아남을 수 있다. 죽지만 않는다면 그 어떤 수모와 치욕을 겪더라도 다시금 재기할 수 있었다. 무엇보다 헤어지고 싶지 않았던 그들을 다시 만날 수 있었다.

하지만 그런 마음가짐은 지금의 차코에게 있어 말 그대로 하찮은 상념이었다. 의미를 두고 행한 행동에 모두가 목숨을 걸었다. 먼저 죽어간 결사대원들의 마음을 배신하는 짓은…… 죽음보다 못한 것이었다. 그녀…… 이르에 조니악에게도.

생각을 마친 차코는 해맑게 웃어 보였다. 그 미소가 어찌나 순수하면서도 또 진실 되어 보였는지 란은 자신도 모르게 주춤했다.

차코가 살며시 입을 열었다.

"란 콘라드 기사단장. 미안하지만 나는 당신들의 곁에 설 수 없습니다. 그 이유는 굳이 내가 말하지 않아도 잘 아리라 믿습니다."

란은 못내 아쉽다는 듯 쓴웃음을 머금었다.

"분명 이 무모한 싸움에 참여했던 것부터 시작해서, 지금의 행동 모두에서 당신은 인정받을 만한 인물이오. 역사

의 이름 아래 책략가이면서 동시에 불굴의 의지를 갖고 있
는 유일무이한 인물로 남을 것이오."

란은 오른손으로 검을 만지작거렸다.

차코는 그저 눈을 감은 채 현실을 받아들였다. 죽음의 문
턱에 선 그는 그 어느 때보다 편안했다.

"아쉽지만 어쩔 수 없지. 잘 가시오. 문무를 겸비한 희대
의 사내여."

란은 계속해서 '문무를 겸비한 희대의'를 강조해 주었
다. 차코의 목이 날아가는 그 순간까지도.

하나 정작 당사자인 차코는 그건 옳지 않다고 생각했다.
그에게 있어 '문무를 겸비한 희대의'라는 말이 어울릴 사
람은 따로 있었다.

비정한 칼날이 몸에 닿는 순간, 차코는 들릴 듯 말 듯 작
은 목소리로 속삭였다.

'미안합니다. 은의 창, 이르에.'

*     *     *

차코의 죽음을 끝으로 딜리아트는 제국군 아래로 들어갔
다. 그러나 성 안을 이 잡고 뒤져도 왕태후나 왕자는 찾지

못했다. 란이 바라고 바랐던 이르에나 향설도 보이지 않았다. 그제야 란은 이 모든 게 차코의 연출이었음을 깨달았다.

"젠장. 신속히 군을 정비한다! 바로 본군에 합류할 것이다!"

이렇게 된 거 본군에 합세해 왕국군을 상대하는 게 옳은 판단이었다. 언제 달아났을지 모를 왕태후나 왕자를 쫓는 건 어리석은 짓이었다.

하지만 금방 난관에 부딪쳤다. 본군과 합류하는데 아무런 차질이 없을 줄 알았으나, 또 하나의 적을 더 상대해야만 했다.

어쩌면 이번 것이 진짜배기였다.

딜리아트에 최소한의 병력만을 남겨 놓고 본군에 합류하기 위해 이동하는 길이었다. 도중에 조우한 왕국군을 전멸시키고 인근 평원에 임시진영을 꾸렸다.

그날 밤, 자정이 되었을 즈음.

어둠을 틈타 소리 소문 없이 습격을 받았다.

귀신같은 습격에 제대로 응전도 하지 못한 채 속수무책으로 당하고 말았다. 적잖은 병력을 잃고 란은 힘겹게 군을 재편했다.

"우리에게 대들만한 적군이 아직 남아 있었나, 모알스,

이 근방 귀족 중에 뛰어난 자가 있었나? 내 기억으론 없었는데."

"정보에는 없습니다. 애초에 근방 영지는 거의 초토화 상태입니다. 북부 혹은 국왕이 이끄는 본군에서 내려온 부대가 아닐는지요?"

"그랬다면 우리가 몰랐을 리 없을 터. 하, 재미있군. 그래, 이런 변수가 있어야 전장이지. 오늘 밤은 그 어느 때보다 경계를 철저히 하도록."

그러나 해가 질 때까지 기다릴 것도 없었다. 놀랍게도 대낮부터 습격해 왔다. 숲 속을 가로질러 행군하던 중 불시의 기습을 받고 상당한 피해를 입고 말았다. 딱 목표한 만큼만 공격할 생각이었는지 바로 치고 빠지는 적군의 노림수에 당해 버렸다.

부대를 정비한 란의 얼굴에 이제 미소가 없었다.

"나를 우롱할 셈인가."

"단장님, 일단은 마음을 진정시키십시오."

"모알스, 이놈들이 나를 전혀 노리지 않았다. 돌이켜 보면 야간기습 때도 나를 노린 흔적은 없었어. 철저히 약한 쪽만 노리고 있단 말이다. 분명 전술에 있어서 소수로 다수를 상대할 땐 이래야 하는 게 맞지만. 혼란 중에 나를 노릴 기회는 충분히 있었다. 그런데도 날 노리지 않고 무시했다. 적장의 목을 말이야."

모알스는 란이 왜 그러는지 이해도 갔다. 란 콘라드는 최강을 추구하는 기사. 그렇기에 평소 그는 승부욕에 불타곤 했다. 나름 기사도도 충실했고 실력은 타의 추종을 불허했다.

바람기사단의 단장을 맡는다는 건 단순히 운이 좋아서도, 인맥으로도 불가능했다. 바람의 재상 레인 디너즈가 진정으로 실력을 인정한 자만이 앉을 수 있는 자리. 그런 만큼 란의 자존심도 상당히 두터웠다.

두 번에 걸친 기습은 전술적으로도 옳았고, 노린 건지 우연인 건지 란의 판단력을 어그러트리는데도 충분한 효과가 있었다. 모알스는 이런 때인 만큼 자신이 정신을 바짝 차려야겠다고 굳게 다짐했다.

모알스는 란을 진정시키고 막사를 나왔다. 그는 병영을 돌아다니며 군사를 아울러 주는 것을 잊지 않았다. 부상 입은 병사들을 다독여주면서 돌아다니던 중, 순간 섬뜩한 기분이 스쳐 갔다. 이리저리 주변을 돌아보고는 괜한 기우였나? 하고 생각했다.

멀리, 제국군 진영을 더 벗어나, 숲 속 어딘가에 작은 언

덕배기가 하나 있었다. 그곳에 망원경을 든 은발의 여인이
서 있었다.

*　　　*　　　*

"생각보다 단순한 작자로군. 좋아. 앞으로도 게릴라 형
태로 습격을 진행하면 되겠어. 모두들, 하늘나라에서 지켜
봐 줘. 원수는 반드시 갚아줄 테니까."

이르에는 먼저 떠나간 동지들을 떠올리며 주먹을 불끈
쥐었다. 이윽고 언덕배기에서 내려와 병사들을 집결시켰
다. 적에게 쉴 틈을, 마음의 여유를 줄 순 없었다. 끊임없이
압박하고 공격해서 지치게 만들어야만 했다. 그게 유일한
승리의 방법이었다.

예상대로 제국군은 경계를 강화하긴 했어도 마음의 공허
가 완전히 사라지진 못했다.

야밤을 틈타 이르에가 이끄는 별동대는 신속한 기습을
감행했다. 그들의 공격을 예상하고도 제국군은 또 혼비백
산이 되고 말았다.

이르에가 소리쳤다.

"소부대의 대장들을 집중적으로 노려라!"

이르에의 명령체계는 간단했다.

제국군의 머리도 아니요, 허리나 발끝도 아니었다. 발목이라고 할 수 있는 소부대장들만을 집중 공략했다.

소부대장들은 호위병의 숫자도 적어서 노리기에도 편했다. 그만큼 실질적인 피해는 아니었지만, 한 번에 소부대장 여럿이 동시에 공석이 되는 게 누적되는 건 타격이 컸다.

제국군 입장에서는 그나마 대비를 해놨기에 이전보다 피해가 줄었지, 안 그랬으면 또 상당한 타격을 받았을 법한 상황이었다.

물론 이번에도 작정하고 노렸다면 란 콘라드에게 칼 하나쯤은 들이댈 수 있었다. 그러나 역시 그는 공격 대상에서 전혀 논외였다. 자존심에 금이 간 란의 분노는 이르에로서는 예상치도 못한 대수확이었다.

물론 진영으로 돌아와 전열을 정비하는 동안에도 란의 심리상태를 알지는 못했다. 이르에는 죽어간 부하들을 애도하며 남은 이들과 함께 의기를 다졌다.

"할 수 있다. 이대로 진행한다면 란 콘라드가 이끄는 제국군을 격퇴할 수 있다."

이튿날도 상황은 크게 달라지지 않았다.

제국군은 기습에 대비하면서도 진지하게 전투에 임하진

않는 추세였다. 본래의 목적인 제국 본군과 합류하는 걸 최우선 사항으로 진행했다. 피해가 누적돼도 계획을 바꾸지 않았다.

왕국군의 기습 때문에 정작 그 중요한 진군속도까지 늦어졌음에도 최소한의 대비만 하는 건 그대로였다.

"오늘도 마찬가지다! 제국군의 발목을 노려라!"

이르에의 지휘 하에 작전은 차질 없이 계속되었다. 이르에로선 일일이 재고 따질 여유가 없었다. 그녀가 운용하고 있는 병력은 어디까지나 게릴라를 위해 끌어모은 소수정예였다. 특별히 향설의 직속부대도 합류한 터였지만 수적으로 부족하다는 결함은 치명적이었다.

또 한차례, 기습부대가 휩쓸고 지나간 후. 자신의 막사에 몸을 숨기고 있었던 모알스는 숨을 고르며 전황을 살폈다.

"아무래도 적장은 소수 부대를 운용하는 데 이골이 난 것 같군. 그렇지 않고서야 이토록 효율적으로 공방을 조절할 순 없겠지. 치고 빠질 때나, 어디를 쳐야 하는지 명확히 파악하고 있다. 이대로는 본군에 합류하기 전에 복구 불가능한 손실을 입어버릴지도 모르겠군. 크흠."

모알스는 턱을 어루만지며 고민에 잠겼다. 지금 병력을 이동에 용이한 대열에서 전투 대열로 변경한다면, 공을 들여서 왕국군 기습 부대를 제압할 수는 있었다. 그러나 시간이 너무 지체된다는 치명적인 단점이 있었다.

왕국 정복에 있어 주전장은 이딴 곳이 아니었다. 양국의 본군이 맞부딪칠 장소야말로 이번 전쟁의 최종 막이었다. 한시라도 빨리 디너즈 공이 이끄는 본군에 합류해서 그 위대한 과업에 함께 해야 했다.

"뭔가 작은 변화만으로 기습 부대를 굴복시킬 방법이 없을까……."

차라리 대놓고 승부를 보거나, 상대에게 치명적인 피해를 주는 게 적군의 목적이었다면 훨씬 순조로웠을 것이다. 문제는 적군이 원래도 적을 것 같은 병력을 더 쪼개서 덤빈다는 점이었다. 괜히 들쑤셨다가 적군의 대처가 어떻게 바뀔지 몰랐다.

"이대로 계속 덤벼온다고 해도 일일이 다 제압하기에는 시간이 너무 오래 걸리니……."

모알스는 흥분한 대장을 설득하는 것도 슬슬 한계라고 느꼈다. 그래도 어떻게든 그가 본군에 합류할 수 있도록 초점을 맞추는 중이었다. 란 콘라드가 빛을 발할 장소는 누가 뭐래도 이딴 협소한 전투가 아닌, 최종전이었다.

물론 언제까지고 병사들을 희생시킬 수도 없는 노릇이었

다. 일정 병력을 나눠서 뒤를 수비케 해 놓고 주력은 본군 합류로 이끌 생각도 있었다. 하나 지금껏 보인 적군의 동향상, 미끼 부대를 무시하고 우회해서 주력의 발목을 잡을 우려가 다분했다.

"어쩔 수 없군. 조금 노선을 바꿀 필요가 있겠어."

이튿날부터 전투의 판도가 변화를 맞이했다.

왕국군 게릴라 부대는 다시 제국군의 겉면만을 노리고 치고 들어왔다. 적당히 피해만 조금 주고 돌아갈 참이었다. 슬슬 후퇴를 하려고 방향을 돌리려는 찰나, 선진의 부대가 땅에서 솟은 나무넝쿨에 붙잡혀 퇴로가 막혀버렸다.

마법이었다.

모알스 휘하의 직속 마법 부대였다.

함정을 준비할 겨를도 없을 거라고 판단했던 왕국군 게릴라 부대는 완벽히 허를 찔렸다. 마법 부대의 숫자는 극소수였지만 왕국군이 주로 노리는 소부대장들 근처에서 미리 마법진을 준비해 놓고 선진의 발목만 제한하면 그 뒤로는 손쉬웠다.

돌파력을 잃고 적진 한가운데에 남겨진 왕국군은 순식간에 전멸을 당했다. 계획대로 적군의 기습을 대파한 모알스는 란을 설득해서 다시 행군 속도를 높였다. 한 번 승리를 거뒀으니, 적군의 기습 성격도 많이 달라질 것이었다.

모알스는 병사들을 다독이며 전열을 가다듬었다.

"이제부터 어떻게 바뀔지가 관건이겠군. 앞으로도 똑같은 전법으로 나오든가, 혹은 숫자를 늘리든가, 공격방식을 바꾸든가, 지금부터 어찌 대응하느냐가 앞으로의 행군에 큰 영향을 줄 것이다. 제발 적군의 대장이 지레 겁을 먹고 퇴각하기만을 바라지만…… 역시 그럴 가능성은 희박하겠지……."

아무쪼록 큰 변화 없이 본군에 합류하고 싶은 마음뿐이었다. 그러한 바람이 욕심이었던 걸까. 모알스는 보름달이 뜬 그날 밤, 불시의 습격을 받고 말았다.

전에 없이 많은 병력으로 쳐들어온 왕국군은 소부대장이 아닌 참모가 묵고 있는 막사를 집중적으로 공격해 왔다. 퇴로 따위도 생각지 않는 자살부대였다. 오로지 목표는 제국군의 참모 모알스였다.

"변화의 축이 최악의 결과로 찾아온 것인가…… 크큭…… 덧없구나……."

모알스는 허탈하게 웃으며 최후를 맞았다. 뒤이어 모여든 제국군에 의해 침입했던 왕국군도 전멸을 고했다. 이날, 제국군이 입은 직접적인 피해는 거의 없었지만, 모알스를 잃은 게 무엇보다 컸다.

아침 무렵, 모알스의 전사 소식을 들은 란은 격분했다. 어디로 튈지 모를 그의 분노가 향한 곳은 당연히 왕국군이었다. 이제 그를 말릴 사내도 없었고, 감정의 소용돌이는 더욱 거세졌다. 대의를 위해선 본군 합류를 서둘러야 했지만, 감정의 동요가 그보다 컸다.

"다이헤르의 아들들아! 지금까지 당해 온 울분을 토해내라! 우리를 뒤쫓아 와 괴롭히는 왕국의 개들에게 본때를 보여주자!"

"와아아!"

제국군의 함성 소리가 하늘을 메웠다.

다음 번 습격의 왕국군은 제국군의 본격적인 대응에 이도 저도 못 해 보고 전멸 당했다.

그 소식을 들은 이르에는 슬슬 전투가 막바지에 다다랐음을 깨달았다. 제국군이 기습에 대해 직접적으로 마주한 이상, 더 이상의 게릴라는 무용지물이었다.

아직도 수적으로 차이가 많이 났지만, 그래도 지금껏 계속됐던 기습공격으로 격차가 많이 줄어 있었다. 더불어 이르에의 항전 소식을 들은 몇몇 지방 영주들이 군을 이끌고 합류해 준 게 컸다. 정면대전을 벌인다 해도 충분히 승산이 있었다.

양군은 오후 무렵을 기점으로 맞부딪쳤다.

무엇보다 기세가 중요한 싸움. 이르에는 선진을 이끌고 제국군을 공격했다. 우두머리의 활약은 당연히 병사들의 사기를 높여주는 데 한몫했다.

"이제 소부대장들을 노릴 필요 없다! 적장 란 콘라드의 목을 노려라!"

이르에는 적군의 방어선을 하나둘 뚫어나갔다. 그 맹용에 도전하겠다는 듯 바람기사단이 맞대응에 나섰다.

과연 단장 직속 기사들답게 실력이 만만치 않았다. 그들에 의해 왕국군의 맹렬한 돌진이 멈춰 버렸다. 휘두를 때마다 적병들을 나가떨어트렸던 이르에의 맹공도 한풀 꺾였다.

"바람기사단 엘비스 아킴이다. 적장의 이름은 몰라도 상관없다."

이름을 밝힘과 동시에 창을 찔러 넣었다. 창날이 이르에의 뺨을 살짝 스쳐 지나갔다. 황급히 창을 거뒀지만 이르에의 창격이 그보다 빨랐다.

푸슉—

가슴팍에서 피가 솟구친 엘비스는 그대로 말 아래로 떨어졌다.

"상대의 이름조차 묻지 않는 오만한 기사단 따위."

"엘비스! 이 계집이! 죽어라!"

"흥. 어림 반 푼어치도 없는."

이르에는 바람기사의 공격을 비스듬히 피해 내고 목을 접수했다. 다른 바람기사들도 몰려들었지만 꼴에 기사랍시고 한 명에게 둘 이상이 달려드는 불명예적인 행동은 하지 않았다. 상대가 얼마나 강하든 무조건 일대일이었다. 아마 그조차도 지키지 않았다면 지금쯤 이르에도 수많은 시체 중 하나였을 것이다.

이르에는 바람기사들을 순서대로 탁탁 처리해 나갔다. 그녀를 잡기 위해 바람기사들이 차례차례 진형을 허물고 이쪽으로 몰려왔다. 그로 인해 전투의 전체적인 판도도 왕국군이 가져갈 수 있었다.

바람기사단의 시체가 점점 쌓여가는 가운데, 란 콘라드가 기마와 함께 등장했다.

"백발의 여기사. 네가 이르에 조니악이로군."

"머리의 등장이신가."

"내 부하들이 신세를 많이 졌나 본데. 슬슬 종지부를 찍어야 하지 않겠나?"

"바라던 바다."

먼저 공격한 건 이르에 쪽이었다.

둘의 무구가 거친 소리를 내며 격돌했다. 한두 합에 끝나는 수준이 아닌, 한 치 앞을 볼 수 없는 치열한 승부였다. 주위에서도 함부로 껴들지 못한 채 각자의 싸움을 계속해 나갔다.

서로의 무구를 맞댄 채 이르에가 싱긋 웃었다.

"제국 최고의 기사라더니 헛소문만은 아니었군."

"내가 하고 싶은 말이군. 이 정도 기량이면 제국에서도 손가락으로 세 볼 만하겠어."

"그거 참 아쉬운걸. 지금 제국 최고를 쓰러트릴 생각인데."

"허세가 지나치군. 슬슬 진짜로 해볼까나."

챙—!

란이 검으로 창을 튕겨 냈다. 빠르게 거리를 좁혀선 검을 찔러 넣었다.

하나 이르에가 호락호락 당할 위인이 아니었다. 그녀는 창대를 돌려서 마치 봉처럼 휘둘렀다. 칼날을 튕겨 내고 한 바퀴 돌려서 창격을 퍼부었다.

뺨이 베이고 귀가 슥 찢겨 나가도 란은 다시 거리를 좁혀 갔다. 그가 내보인 불굴의 의지에 이르에도 공격을 하는 내내 조금씩 뒤로 물러났다.

란의 검이 야멸치게 허공을 갈랐다. 이르에는 몸을 낮춰 가까스로 피한 뒤 반격했다. 이르에의 창과 란이 휘두른 시퍼런 칼날이 쇳소리를 내며 교차했다.

두 사람이 막상막하의 대결구도를 갖춤과 동시에 왕국군은 수적 열세를 극복하지 못하고 서서히 밀려갔다.

아군이 밀려나는 걸 인지한 이르에가 공명심에 전력을 다했지만 애초에 그녀는 란의 진정된 맞수는 되지 못했다. 차츰 밀리던 것이 어느새 수세에 놓였다. 결국 아군이 밀집되어 있는 곳까지 밀리고 말았다.

"하아…… 하아…… 제법이구만……."

"당장 죽더라도 자존심은 살아 있군."

"하아…… 이대로는……."

결국 이르에는 자신이 란을 쓰러트리지 못할 것을 스스로 인정했다. 그렇게 생각하니 한결 마음이 편해졌다. 그녀는 전사로서의 자존심을 내버리고 오로지 왕국을 위해 한 목숨 바칠 것을 다짐했다. 슬며시 손짓으로 부하들에게 신호를 보냈다.

"어디다 한눈을 파는 거냐! 죽어라!"

푸슉!

잠시 틈을 내보이는 바람에 미처 피하지 못했다. 이르에의 복부에 차가운 칼날이 박혀버렸다.

"쿨럭…… 하, 하하하……."

그럼에도 이르에는 어째선지 환하게 웃어 보였다.

란이 어이없다는 듯 코웃음을 치려고 했다. 그러나 그는 그리하려고 했을 뿐, 정녕 코웃음을 머금지는 못했다. 이르에에 정신이 팔린 사이, 근처에 있던 왕국군 병사들이 란의 몸에 창을 쑤셔 박아 버렸다.

"이 무슨…… 내가…… 제국의 영광이 눈앞이거늘……."

더 뭐라 말하고 싶었으나 목소리가 나오지 않았다. 란은 그렇게 숨을 거두었다.

이르에도 상태가 심각했다. 다른 이도 아닌 바람기사단장이 내뻗은 공격이었다. 그저 생채기가 난 정도의 부상이 아니었다. 배 속의 장기가 모두 엉망이었다. 부하들의 호위로 잠시 전선에서 이탈했음에도 입에서 핏물이 멈추지 않았다.

부하들이 어떻게든 이르에의 상처를 치료해 주려고 했다. 그러나 급조된 병력에, 전시상황. 기껏 해야 응급처치가 고작이었다. 이르에의 상태는 점점 안 좋아졌다.

이르에가 컥, 하고 묽은 선혈을 토해 냈다.

"하…… 벌써 노을이 질 시간인가…… 이대로 밤이 되면……."

이르에는 애잔한 얼굴로 하늘을 쳐다봤다. 그녀의 생명은 그리 오래지 않았다. 지금 당장 숨을 거둬도 이상할 게 없을 상태였다.

"하여간 이 망할 전쟁은 왜 이렇게 긴 거야…… 전쟁이 끝나면 라빈에게 창술을 가르쳐 주기로 했는데……."

차분한 손길로 창을 만지작거렸다.

"메를리니와 약속했는데……."

눈이 스르르 감겼다. 주저앉은 모습 그대로, 마치 잠든 것처럼 편안히 이승과 작별했다. 누구 하나 눈물을 흘리지 않았다. 부하들은 무릎을 꿇고 조용히 경의를 표했다.

제5장

용사에 물든 왕

『나는 첫사랑의 기억을 기억으로 남겼고, 삶을 아낄 줄 아는 이들과 함께 해봤으며, 나라를 지켜보겠다고 뛰어도 봤고, 소중한 사람을 지키기 위해 내 한 목숨을 바치기로 결심했다. 후회 없는 삶을 산 것이지. 단지 그녀와 아이에게 사랑한다는 말을 전하지 못한 게 슬플 따름이다.

-레이드와 카이트의 대화 中-』

저녁 무렵, 메를리니는 좀처럼 잠이 오지 않아 막 침대에서 일어난 참이었다. 유지니가 분주히 왔다 갔다 하며 따뜻한 차를 준비해 왔다.

―쨍그랑!

유리가 깨진 소리에 유지니가 얼른 달려와 주변을 경계했다.

찻잔을 떨어트린 건 메를리니였다. 손가락이, 손이 덜덜 떨리더니 그만 주체를 못 하고 떨어트리고 만 것이다. 이유도 알 수 없었다. 그냥 갑자기 손이 사시나무처럼 부들거렸다. 유지니가 찻잔을 치우는 동안에도 계속 떨렸다.

"⋯⋯."

"마마, 어디 편찮으신 데라도⋯⋯?"

"아니, 아니야. 아무 일도 없었어. 지금도 아무런 생각이 없는데⋯⋯ 근데 손이 덜덜 떨리네. 왜 이러지? 도무지 모르겠어. 라빈도 무사히 내 곁으로 돌아왔고, 유지니 너도 함께 있고. 그런데 어째서⋯⋯."

그 이유가 어떤 맥락들이 겹쳐서 이루어졌는지를 당장은 알지 못했다. 다만, 얼마 뒤 하나의 맥락이 예고도 없이 찾아왔다. 바람기사단장 란 콘라드가 이끄는 제국군을 저지하는 데 성공했다는 소식과 함께 이르에의 전사 소식이 전해졌다.

이르에가 죽었다는 사실을 처음에는 인정하지 않았다. 메를리니는 한동안 슬픔에 젖어 수시로 찾아오는 우울증에 고생했다. 그럴 때마다 어두운 침실에 틀어박혀 눈물을 흘리곤 했다. 기력이 떨어지면서 전쟁을 보는 판도에도 큰 차질이 생겼다.

정신은 점점 황폐해졌다. 끔찍한 고독감을 이해해 줄 사람이 주변에 몇 되지 않았다. 그나마 아들 라빈의 행복한 미소와 유지니가 곁에서 진심으로 모셨기에 버텨낼 수 있었다. 그래도 이르에에 대한 이야기를 할 때면 한숨을 쉬며 울상이 되곤 했다.

가슴앓이가 차츰 안정돼 갈 즈음.

메를리니는 왕국군 본군에서 달려온 전령으로부터 남편의 서신을 받았다.

[메를리니, 이 편지가 도착했을 쯤에는 아마 왕국의 사활이 걸린 전투가 한창일 것이오. 부디 나와 우리 왕국군의 승리를 위해 축복의 기도문을 읊어주시오. 그대의 가호가 함께한다면 반드시 승리할 수 있소.]

메를리니의 얼굴에 생기가 감돌았다. 그녀는 큰 관심을 보이며 일부는 크게 소리 내어 읽기도 했다. 남편이자 나라의 아버지이며, 왕국을 지켜줄 훌륭한 지도자가 보낸 편지에 힘이 샘솟는 기분이었다.

메를리니는 남편의 서신을 정성스럽게 접어서 품에 챙겨놓았다. 기도도 드릴 생각이었다. 무사히 전쟁이 마무리되기를 진심으로 바라고 또 바랐다.

그녀의 진심 어린 기도가 향하는 곳에서는 피 냄새로 자

욱한 전투가 한창이었다. 북부에서 승리를 거두고 남진해
온 로우 르 포르테 공작은 병력을 양분해서, 주력은 레이드
가 이끄는 본군 휘하로 보내고, 나머지 병력을 케노다 영지
에 주둔시켰다. 딜리아트에 이어 케노다 령에 왕비는 물론,
왕태후, 왕자가 머물렀기 때문이었다.

로우가 직접 이끄는 케노다 주둔군도 상당한 전력이었지
만, 그래도 역시 레이드 휘하로 합류시킨 인원이 진짜배기
였다.

북부 전투의 승전부대까지 더해지니 레이드도 힘이 났
다. 남동부의 중심이라고 불리는 에다드 평원에서 왕국군
과 제국군은 서로 온 힘을 다해 부닥쳤다.

에다드 평원은 삽시간에 아수라장으로 변모했다. 풀은
시뻘겋게 물들어갔고 곤충들의 울음소리는 병사들의 함성
소리와 비명 소리에 묻혔다. 팽팽한 접전이 계속 이어졌다.
레이드도 병사들의 의기를 북돋기 위해 선진에서 전투를
벌였다.

그때 제국군의 장수가 소리 질렀다.

"적장은 어디 있나! 이 라벨론 남작님께서 상대해 주겠다!"

라벨론 남작이 기세등등하게 부르짖자 그에 토를 달 듯
레이드가 나섰다. 어찌나 많은 적을 죽였는지 온몸이 피투

성이가 돼 있었다. 그의 황금빛 갑옷을 보자마자 라벨론이 환희에 찬 목소리로 말했다.

"하하하! 대어로구나! 설마 국왕이 직접 나섰을 줄이야. 젊음에 찌들어서 혈기만 넘치는 왕이로구나. 하룻강아지 범 무서운 줄 모르고 덤빈다더니, 내 손으로 이 전쟁을 종결시키겠다!"

"주제를 모르는 놈이로군. 그 말 그대로 돌려주마!"

레이드는 검을 되잡고 라벨론과 검을 나눴다. 몇 번의 공방이 이어지더니 한 순간, 승부가 갈렸다. 레이드의 검이 라벨론의 숨통을 끊어 버렸다. 그 무용은 바람기사단 부단장 데릭마저 꺾은 실력이었다. 어지간한 실력으로는 그의 적수가 될 수 없었다.

"이 기세로 제국군의 흐름을 완전히 눌러버려라!"

그렇게 외치며 방금 접수한 라발론 남작의 목을 올려 보였다. 한층 사기가 북돋아진 병사들이 거친 함성 소리와 함께 제국군을 압도해 나갔다.

제국군 측이 전장의 흐름을 바꾸기 위해선 적어도 레이드를 후퇴시켜야 했다. 제국군 부사령관을 맡고 있었던 모르도 하이든 백작은 지난번 해전에서 입은 오명을 씻고 싶었다.

아니, 이번 전투에서 누구보다 뛰어난 공을 세워서 일등 공신으로 자리매김해야 했다. 끝 간 데 없이 날뛰고 있는 루티아르의 국왕을 잡으면 충분히 가능하고도 남았다.

"루티아르 국왕! 내 오늘 너를 쓰러트리고 그 목을 접수하겠노라!"

모르도의 도발에 레이드가 천천히 말을 몰아왔다.

"아니, 이게 누군가? 도크 후작에게 궁지에 몰렸던 패배자가 아닌가?"

레이드의 역도발에 모르도가 먼저 공격을 감행했다. 그 또한 산전수전 다 겪어온 역전의 무장이었다. 그러나 몇 합을 겨뤄보고 조용히 간격을 벌렸다. 그만큼 레이드의 실력은 보통이 아니었다.

"제길. 그래 봐야 어차피 왕궁에서 희희낙락해 온 풋내기 따위!"

"패배자보다는 낫겠지!"

둘의 무기가 다시 격돌했다. 쇳소리가 낮게 울려 퍼졌다. 몇 차례 강렬하게 공방을 주고받은 모르도가 잠시 창을 물렸다. 레이드에게서, 아니, 정확히는 그의 검에서 알 수 없는 기운이 느껴졌다.

"모르도, 그만 승부를 끝내겠다."

"……."

모르도는 자신의 몸이 자기 것이 아닌 냥, 행동이 굼떴다. 가까스로 검을 치켜들었지만, 레이드의 공격을 막기에는 역부족이었다.

마력을 두른 레이드의 검은 모르도의 검을 칼날째로 베어 버리더니, 그대로 모르도의 가슴팍을 훑고 지나갔다.

"커억. 이, 이런 말도 안 되는……."

"이 검은 나를 택했다. 용사의 가호를 받는 내게 패배 따위 없다."

라벨론 남작에 이어 하이든 백작까지 적국 왕에게 쓰러지자, 제국군은 혼비백산이었다.

특히 하이든 백작은 이 선진 전투의 총책임자나 마찬가지였다. 바람의 재상 레인 디너즈는 후방에서 본진을 지키고 있었다.

흐름은 완전히 왕국군 쪽으로 넘어가 버렸다. 결국 선진 전투의 승리는 왕국군에게로 돌아갔다. 전투 직후, 왕국 병사들은 기세등등하게 레이드의 이름을 연호하며 제국군의 사기를 완전히 꺾어 버렸다.

그날 밤. 레이드는 중앙막사로 지휘관들을 모두 소집했다. 왕과 함께하는 군사회의의 장이었던 만큼, 북부전 때와 달리 더없이 적극적인 자세들이었다.

사실상 이번 싸움의 승패도 레이드의 대활약으로 다들 반쯤 승리를 직감하고 있었다. 그런 지경이라 다들 어떻게든 레이드에게 어필하려고 부단히 애썼다.

"공들의 이야기를 듣고 싶소."

레이드가 의견을 묻자, 너나 할 것 없이 서로 말하고 싶어서 안달이었다.

"기선을 잡은 지금 쉴 틈을 주면 안 된다고 사료됩니다."

"안 됩니다. 상대는 어떤 잔머리를 굴릴지 모르는 바람의 재상입니다. 섣불리 공격했다가는 낭패를 볼 수도 있습니다."

"잔머리는 무슨. 그딴 정치에서나 쓰일 잔대가리를 아무리 굴려봐야 전쟁에서는 의미가 없소이다. 전하, 신에게 군사를 주시면 당장에라도 그놈의 요망한 머리를 가져오겠습니다!"

"아닙니다! 제가 출진해서 바람의 재상을 잡아오겠습니다!"

난장판이었다.

서로 공을 세우려고 난리도 아니었다. 한 번 레이드의 활약으로 승기가 잡히니, 쐐기만큼은 자신들이 잡아서 전쟁의 일등공신이 되려는 마음들이었다.

레이드는 이 욕망 덩어리들의 욕구를 해소시켜 주지 않으면 후일에라도 번거로운 일이 생길 것 같았다.

"좋소. 내일은 총공격을 개시하겠소. 지휘관들은 각 부대로 돌아가 준비에 만반을 기해 주시오."

"예!"

지휘관들은 하나둘 중앙막사를 빠져나갔다. 뒤이어 호위들까지 내보낸 레이드는 홀로 용사의 검과 대면했다. 정확히는 요동치는 반신 쥬라스의 영혼과.

"빌어먹을…… 내게 원하는 게 무엇이냐……?"

검에서 뿜어져 나온 기괴한 기운이 레이드의 몸을 천천히 잠식해나갔다. 영혼의 울림이 느낌으로 레이드에게 전해져왔다.

레이드는 눈살을 찌푸렸다.

"크으……."

못내 레이드는 신음을 흘리며 혼절했다. 이윽고 낌새를 차린 카이트가 허겁지겁 들어와 레이드를 모셨다. 검의 울림은 조용히 멎어 있었다.

이튿날. 각 지휘관들이 휘하 병력을 중앙 막사 앞에 집결시키고 대기하고 있었다. 용맹스러운 사기가 하늘을 찌를 듯 드높았다.

전투를 시작한다면 지금이 적기였다. 이 흥분이 식기 전에 적들을 모두 짓눌러버려야 했다. 레이드는 어제와 마찬가지로 선두에 서서 군대를 이끌었다. 왕실기사단을 주축으로 양옆과 뒤쪽으로도 용맹무쌍한 왕국군이 함께 했다.

그들의 총공세를 예상하지 못했는지 제국군은 혼비백산이었다. 마땅한 대응을 하지 못하고 이리저리 휘둘렸다. 지휘체계도 엉망이었고 모든 면에서 혼선을 빚고 있었다.

왕국군은 물 만난 고기처럼 제국군을 도륙하기 시작했다. 전투가 생각 이상으로 쉽게 풀려서 위화감이 들 지경이었다. 그제야 레이드는 경계심을 드러내고 말을 멈춰 세웠다.

"카이트, 뭔가 꺼림칙하다. 해전에서 압도적인 승리를 거뒀던 바람의 재상이 이토록 허술할 리가 없다."

"예. 아무래도 노림수가 있지 않을까 싶습니다."

"하나 마법사부대도 없고, 장갑기도 없는 전투다. 단순 백병전으로 이뤄진 싸움에서 어떤 변수가 있을 수 있지?"

그 와중에도 왕국군은 각 지휘관의 운용 하에 제국군을 순차적으로 제압해 나가고 있었다. 순조롭게 진행되는 전투 속에서, 문득 이상한 점이 눈에 들어왔다. 레이드는 어째선지 적군의 진형 배치가 어딘가 독특하단 걸 인지했다.

"카이트, 제국군의 배치가 굉장히 특이한 것 같은데. 내 눈에만 그렇게 보이는 것인가……?"

"예? 제가 보기에는 별로 차이가…… 음? 이런! 차이가 있습니다! 일반적인 방어 대열이 아닙니다! 마치 우리 군을 일정 구역에 유인하려는 것처럼 딱딱한 움직임입니다!"

"설마…… 제길! 모두 후퇴해라! 퇴각해라!"

레이드는 목이 찢어져라 소리쳤다.

그러나 이미 승리의 욕망에 사로잡힌 만 단위의 군대가 후퇴신호를 따르기란 사실상 어려웠다. 전투의 흐름이 뒤바뀐 건 눈 깜짝할 순간이었다.

신나게 날뛰고 있었던 기마부대는 땅바닥에서 튀어나온 창살 함정에 속수무책으로 당했다. 선두가 먼저 당하면, 뒤이어 따라오던 기마부대도 서로 뒤엉켜서 낭패를 봤다. 상대적으로 덩치가 큰 기마부대 쪽에서 난장판이 되자, 보병들에게도 피해가 전가됐다. 함정은 보병들에게도 예외가 아니었으니 피해가 계속 누적되었다.

거기에 더불어 제국군까지 어느새 수세에서 공세로 전환해서 반격을 개시했다.

삽시간에 전황은 완전히 뒤바뀌어버렸다.

왕국군 지휘관들은 역전된 분위기 속에서 파훼법을 찾지 못하고 혼란을 겪었다. 당장 목전에 차가운 칼날이 들어와도 이상할 게 없는 상황이었다. 그런 그들에게 레이드의 목소리가 닿을 리 만무했다.

그래도 레이드는 어떻게든 왕국군을 최대한 많이 생환시키고 싶었다. 루티아르의 백성들을 무의미하게 잃고 싶진 않았다.

백성을 사랑한 애정은 결국 레이드의 발목도 붙잡고 말았다. 한 명이라도 더 살리기 위해 부단히 노력하느라 정작 그의 퇴각까지 늦어 버렸다.

부랴부랴 퇴각을 시작했을 때, 이미 제국군의 포위망이 레이드의 퇴로를 봉쇄해 버렸다. 왕실기사단이 목숨을 내던져 활로를 열려고 했으나 역부족이었다. 죽여도, 죽여도 적병들은 끊임없이 몰려왔다. 레이드의 부상은 점점 심해졌고, 끝내 버티지 못하고 바닥에 주저앉고 말았다.

숨을 헐떡거리는 그에게로, 지금 가장 대면하고 싶지 않은 상대가 다가왔다.

바람의 재상 레인이 빙긋 웃으며 말했다.

"레이드 폰 루티아 국왕 전하, 안녕하십니까. 이렇게 뵙는 건 정말 오랜만이군요. 2년은 더 됐나? 3년 만인가요?"

"……횟수로는 3년 정도. 그때도 달갑지 않은 만남이었고, 지금은 더욱 꺼려지는 관계로군. 바람의 재상, 나랑 이런 잡담이나 나누자는 것은 아닐 테고……."

레이드의 말에는 가시가 돋쳐 있었다. 당장에라도 레인을 베어 버리고 싶었다. 그러나 상황이 여의치 않았다. 이내 그는 자신이 끝까지 싸우다가 죽는 것과, 지금 이대로 붙잡히는 것 중, 어떤 게 국익에 도움이 될지 가늠해 봤다.

설사 죽게 될지언정 아직은 죽을 때가 아니었다. 메를리니와 라빈, 그리고 어머님…… 또…… 백성들을 두고 대책 없이 죽음을 선택할 순 없었다.


*      *      *


감옥 안은 싸늘하다 못해 숨이 막힐 것만 같았다. 제국군이 점령한 디센트 성의 지하 감옥은 눅눅하고 답답했다. 그나마 둘이 갇혀 있는 독방으로 제법 괜찮은 대우가 제공돼서 다행이었다.

"그나저나 바깥 상황이 어떤지 궁금하군. 지금쯤 전쟁은 어떻게 됐을는지……."

"포르테 공작께서 계시니 큰 문제는 없을 겁니다."

"한심하군. 왕이 돼서 다른 이에게 왕국의 국운을 맡겨야 하는 꼴이라니……."

분하고 원통했다. 지금 자신이 할 수 있는 일이 고뇌에 잠기는 일뿐이란 사실이 괴로웠다. 그때 그의 귓가로 하여금 독방을 지키는 병사들이 잡담소리가 들려왔다.

한참이나 계속됐던 병사들의 이야기가 끝을 맺어갈 즈음, 레이드와 카이트는 뭐라 말도 꺼내지 못하고 멍하니 앉아 있었다. 다른 누구도 아닌, 아내가 전열을 가다듬고 제국군에 대항하고 있다니. 이 말을 곧이곧대로 믿어야 할지 가늠도 되지 않았다.

레이드는 머리를 부여잡고 현실을 외면했다.

"카이트……."

"예, 전하……."

"메를리니가, 왕비가…… 제국군과 대적하고 있다던데…… 내가 잘못 들은 건 아니겠지……?"

"예. 저도 똑똑히 들었습니다."

"이러고 있을 때가 아니다…… 무슨 방법을 찾아야만 해……."

아내의 분전소식은 레이드의 마음을 더욱 애타게 만들었다. 손가락 마디마디가 저려오고 감정의 흔들림이 극에 달했다. 그의 흥분된 떨림에 반응하듯 기적의 신호가 슬슬 찾아왔다.

감옥 밖에서 비명 소리가 빗발쳤다. 점점 선명해지는 소리를 이끌고 그것이 레이드의 앞으로 다다랐다.

반신 쥬라스가 애용했다는 용사의 저주받은 검은 자신의 주인을 기리듯 감옥 문을 부수고 바닥에 꽂혔다. 웅웅거리는 진동이 심장을, 온몸을 자극했다. 레이드는 일말의 주저 없이 검을 집어 들었다. 동시에 피를 한 바가지 토해 내고는 자세를 가다듬었다.

"전하! 괜찮으십니까!"

"별것 아니다. 그저 주인의 피를 원하는 검 때문에 그런 것이다……."

살짝 비틀거리면서도 눈동자에 담긴 힘은 흐트러지지 않았다.

"카이트, 가자."

레이드는 거칠게 쥔 그대로 검을 휘둘렀다. 검신에 휘감긴 마력의 파동이 정면을 휩쓸어 버렸다.

\*     \*     \*

숲길을 가득 울리는 쇳소리. 철과 철이 부딪치는 소리는 쉬이 잦아들지 않았다. 난자한 혈흔. 붉디붉은 선혈과 시체들이 땅바닥을 메우고 있었다. 레이드와 카이트는 자신들을 뒤쫓는 추격자들을 거듭 쓰러트려나가는 중이었다.

수많은 추격자들의 시체에서 드러나듯, 둘의 몸 상태도 정상은 아니었다. 온몸이 부상으로 얼룩져 있었다. 특히 레이드는 누적된 부상과 피로로 언제 쓰러져도 이상할 게 없었다. 가까스로 방금 따라붙었던 적들을 모두 쓰러트리고 겨우 숨을 가다듬었다.

말도 잃고 꼼짝 없이 걸어가야 했지만 멈추지 않았다. 소스라치는 통증에 인상을 찌푸렸지만 이동에 더욱 박차를 가했다. 한시라도 빨리 왕국군과 합류해야 한다는 의지가 몸을 움직였다.

그리고 얼마나 지났을까. 슬슬 날이 저물어갔다.

레이드는 카이트의 부축을 받으며 겨우 걸음을 디뎠다. 그러나 자신의 몸 상태가 정상이 아니란 사실은 분명했다.

"카이트, 할 말이 있다."

진중한 어조였다. 깜깜한 배경 속에서 그리 말하니 분위기가 상당히 있어보였다. 처음에는 자신이 살아온 이야기를 쭉 하더니 끝에 가서는 현재에 대해 읊조렸다. 현 상황에 대해서.

부상도 부상이었지만, 무리하게 용사의 검을 받아들인

게 컸다. 감당하기 힘든 힘을 계속해서 발산해냈던 만큼 부작용이 엄청났던 것이다. 얼마 뒤에는 부축을 받아서도 걷기가 힘들어졌다. 결국 카이트가 레이드를 둘러업고 숲길을 가로질렀다.

"카이트……."

"예……."

"만일 내가 숙원을 이루지 못한다면, 네가……."

"전하, 그런 말씀은 마십시오."

"그래, 아직 포기하기는 이르지……."

레이드는 희미하게 남은 정신을 되새겼다. 이 순간, 아주 짧은 이 순간, 오만 가지 생각이 스쳐 갔다. 그중에서도 가장 기억에 남는 건 역시 그녀였다.

남편과 아내의 관계는 부모와 자식의 관계와 다소 달랐다. 아내는…… 사랑이었다. 남녀 간의 정분으로 맺어진 운명이고 인생이었다. 한때 생명처럼 여겼고 아니, 지금도 생명처럼 여기는 여인이었다. 어쩌면 이제 다시 볼 수 없단 감정이 흐르자, 한 줄기 눈물이 핑 돌았다.

한참 뒤에야 숲을 빠져나온 카이트는 오열하며 바닥에 주저앉았다.

제6장

왕관의 무게

『스스로를 바라볼 때에는 왕관을 쓰되, 백성들 앞에 설 때에는 왕관을 내려놓고 겸허한 자세를 취하리니.』

　메를리니는 청천벽력과 같은 소식을 듣고 죽을 듯 앓았다. 하지만 결국 마음을 다잡을 수밖에 없었다. 그러기까지 이게 내 정신인지 남의 정신인지 모를 지경이었다. 하루 내내 눈물을 얼마나 쏟아댔는지 이제는 눈물 한 방울 나지 않았다.

　바스러진 재만 남은 것처럼 마음속에 황량한 바람이 부는 기분이었다. 더 슬프고 답답했던 건 당장 그와의 추억이 깃든 그 무엇도 할 수 없는 현실이란 장벽이었다. 사랑을 키워나갔던 왕궁 정원, 즐거운 한때를 보냈던 추억의 들꽃 궁전, 머리맡을 받쳐주었던 나무 그늘, 함께 식사를 나눴던 화려한 탁자. 무엇 하나 지금 찾아갈 수 없었다.

언젠가 그와 얼굴을 맞대고 약속을 나눴던가. 평화로운 세상에서 우리 아이와 함께 행복한 나날을 즐기기로 했던 가. 수많은 국민들의 사랑과 축복을 듬뿍 받으며 살아가겠다고 다짐했던가. 그러나 이제는 다 덧없는 무언가로 남아 버렸다.

이제는 그와 약속했던 백년해로는 무의미해졌다. 꿈꿀 수조차 없게 돼버렸다. 당장 그와의 추억을 곱씹으며 함께 했던 장소를 거닐 수도 없었다. 아무것도 남지 않은 황량한 마음이 울부짖듯 옥죄었다.

메를리니는 도시의 중앙광장이 훤히 보이는 중심무대로 나섰다. 도보는 물론 건물 안, 지붕 위까지 설 수 있는 모든 공간에 백성들이 모여 있었다. 개중에는 병사들도 있었고, 농민들도 있었다. 남녀노소 가리지 않고 모두가 사랑스러운 루티아르의 국민들이었다.

"사랑하는 백성들이여!"

한차례 메를리니의 목소리가 메아리쳤다.

뒤이어 그녀의 목소리가 애절하게 울렸다.

"단언하건대 내 목숨을 부지하겠다고 사랑하는 백성들의 믿음을 져 버리지 않습니다! 저는 언제라도 신의 인도하에 백성들과 함께할 것입니다! 저를 지탱하는 힘과 보호막은 다른 누가 아닌, 백성들의 마음과 의지입니다! 그러기에 저는 지금 이곳에 서 있습니다!"

메를리니는 반쯤 메인 목소리로 말을 이어갔다.

"휴식을 취하기 위해서가 아니라, 격전이 벌어지는 이곳에서 모든 백성들과 생사를 함께하기 위하여 서 있습니다. 저는 제 자신이 연약한 여성의 몸임을 잘 알고 있습니다. 그러나 제게는 루티아르의 지도자가 응당 지녀야 할 굳은 의지와 용기가 있습니다."

군중은 진중한 자세로 메를리니의 말에 집중했다.

"저는 이 자리에서 맹세합니다. 저 스스로 무기를 집어 들고, 국민 모두의 사령관이 되어 제국군을 응징할 것을! 감히 우리 성스럽고도 소중한 루티아르의 땅을 짓밟고 유린하고 있는 제국의 불한당들에게 마땅한 심판을 내릴 것을!"

메를리니의 연설이 끝나자마자 루티아르 국민들은 일제히 함성을 내질렀다.

　　　　　*　　　*　　　*

　메를리니의 정성 어린 연설로 힘이 더해졌다. 왕국군은
전투의 시작만을 고대하며 의기를 다졌다. 무기를 들지 않
은 백성들도 농기구라도 들어서 민병으로서 합류하겠다며
자진해 나섰다.

　이제 붉은 왕비라는 상징은 단순히 한 나라의 왕비라는
의미에만 국한되는 것이 아니었다. 그녀가 왕태자비부터
시작해 지금껏 어떤 행보를 해 왔는지는 국민들 모두가 잘
알고 있었다.

　지금도 그랬다. 메를리니는 전장의 뒤에서 지휘만 하는
게 아니었다. 자신이 선두에 서서 군대를 이끌었다. 민병들
까지 합세한 왕국군은 수적으로도 제국군을 압도했다. 사
기는 말할 것도 없었다.

　활활 타오르는 불꽃과 같은 의지로 똘똘 뭉친 왕국군은
메켄데르 평원에서 제국군과 마주했다. 메를리니가 검을
빼 들고 소리쳤다.

　"전군!"

　이내 올렸던 검을 내리며 외쳤다.

　"개전!"

그 말을 신호로 왕국군은 몇몇 호위 무리를 남겨 놓고 일제히 달려 나갔다.

그에 질세라 제국군도 맞대응을 위해 군을 일으켰다.

메켄데르 평원은 순식간에 아수라장으로 변했다. 시작부터 승기는 왕국군의 흐름이었다.

왕국군은 나라의 아버지를 잃은 슬픔을 안고 제국군을 압도하기 시작했다. 특히 선진에서 활약하는 이들이 있었으니 르나이아가와 콩이었다. 북부 전선에서 종횡무진했던 대로 이번에도 그들을 당해 낼 상대가 없었다.

르나이아가의 손으로부터 한 줄기 섬광이 번쩍이더니 제국군 병사 둘이 나가떨어졌다. 힘 조절을 했는지 죽지는 않았다. 르나이아가는 바닥에 쓰러져 고통스러운 숨소리를 내쉬는 적군을 지나쳐 끊임없는 돌파력을 과시했다.

왕국군 주력은 충분한 위용을 발휘하며 적들을 제압해나갔다. 민병들도 적을 쓰러트리는 것보다는 왕국군의 보조에 목적을 두고 대활약을 했다.

그러나 바람기사단이 이끄는 제국군의 주력부대도 결코 무력하지만은 않았다. 그들이 부족한 사기와 구멍을 메워 주니 완전히 왕국군의 기세로 전투가 마무리되지는 못했다. 특히 바람기사들 틈에서 유유히 마법을 시전하고 있는 검은 로브의 마법사는 실로 경탄을 자아낼 정도였다.

마법사가 펼치는 기괴한 마법에 왕국군 선진은 큰 곤욕을 치렀다. 어둠의 마법도 아닌데 저주를 퍼부어댔고, 또 그 저주의 위력은 상상을 초월했다. 연신 탐욕의 손길이라고 외쳐대는 그의 마법에 왕국군 선진이 나가떨어졌다. 이대로는 곤란하다고 판단한 르나이아가가 나서려 하자, 콩이 말렸다.

"마법사는 마법사가 상대해야겠죠."

콩의 오른손에서 작은 불꽃이 일렁였다. 붉은 화염 덩어리가 검은 로브의 마법사에게로 날아갔다. 그걸 보호막으로 막아 낸 마법사가 비릿한 웃음을 머금었다.

"이거 영광이 따로 없구나! 소문으로만 들어본 신탑 요네룬의 천재 마법사가 아닌가! 차코·하밀을 상대하지 못해서 아쉬웠는데 더 커다란 재미가 나를 즐겁게 해 주는군! 크큭!"

마법사의 손에서 녹슨 빛깔의 투명한 손길 수십 개가 난무했다. 손 모양의 그 마법에 닿은 왕국군 병사들은 비명을 지르며 나뒹굴기 일쑤였다. 손길이 닿은 부분이 마치 쇠가 녹슨 것처럼 썩어갔다.

"당신, 저급한 마법을 펼치는 인간이로군요."

"저급하다? 크큭. 뭐 신탑에서 가르침을 받은 네 녀석에게는 그리 보일지도. 하나 신탑이 아니더라도 마법사는 널리고 널렸다. 오로지 요네룬에서 비롯된 마법만이 정통이라고 생각하는 그 오만한 잣대를 꺾어주마, 아가야."

"미안하지만 저질스러운 마법사와 오래 이야기하고 싶지 않네요."

콩은 양손을 모아서 주문을 읊었다. 전장 한복판에서 펼칠 수 없는 여유와도 같은 자태였다. 물론 콩에게 오는 공격은 르나이아가가 모두 막아주었다. 보다 못한 로브의 마법사가 탐욕의 손길을 시전했다. 차마 그것까지는 막아주기 애매했던 르나이아가가 눈살을 찌푸린 순간. 콩의 주문 영창이 끝났다.

"르나이아가, 대 전쟁용 마법은 그 술식과 마력만 받쳐준다면 혼자서도 가능하다고 말씀드렸었죠. 지금 보여드리겠습니다. 제 뒤로 피하세요."

르나이아가는 얼른 콩의 뒤로 몸을 피했다. 그와 동시에 탐욕의 손길 수십 개가 콩의 바로 앞까지 다다랐다.

"모든 걸 지워 버린 땅에서 새로운 시작을 알리느니. 광휘의 번영."

눈부신 빛이 번쩍였다. 탐욕의 손길은 물론 정면에 보이는 모든 게 거대한 빛줄기에 잠겨 들었다. 로브의 마법사는 빛 속에서 허우적대다가 소멸했고, 그 주변 제국군 병사들도 비명과 함께 묻혀 들어갔다.

빛줄기가 멎은 자리에 남은 건 빈 공터뿐이었다. 빛 속에 잠겨들었던 제국군 병사들 모두의 존재가 지워지듯 사라져 있었다.

"제 업보가 또 늘어나버렸네요. 후우…… 르나이아가, 이후를 잘 부탁드립니다."

"그래."

르나이아가는 기절한 콩을 병사들에게 맡겼다. 콩이 펼친 마법이 자아낸 살육과도 같은 현장은 어이가 없다 못해 모든 이의 할 말을 잃게 만들었다. 치열했던 전투가 잠깐 멈춰야 할 정도로 엄청난 결과물이었다.

마법부대 없이 벌어진 메켄데르 평원 전투에서 별안간에 대 전쟁용 전체마법이 펼쳐지니 제국군은 아비규환이었다. 단 한 명의 소년 마법사가 전황을 완전히 뒤바꿔버린 것이다.

이건 양측의 총사령관이었던 메를리나나 레인에게도 예상치 못한 이변이었다. 특히 레인은 예상을 벗어난 전황 변화에 놀라움을 금치 못했다.

결국 제국군은 최대한 피해를 줄이기 위해 급히 후퇴하

기 시작했다. 일단 뒤로 빠진 다음, 전열을 가다듬기 위함
이었다.

왕국군도 이 여세를 몰아 제국군을 추격해나갔다. 승리
가 눈앞이었다. 제국군을 일망타진하고 자랑스러운 승전을
거두기 직전이었다. 그러나 역시 바람의 재상도 쉽게 무너
질 인물이 아니었다. 콩의 활약이 레인의 예상을 벗어난 것
일 뿐. 기세에서 밀려 퇴각한다는 과정은 레인의 계산 범위
안이었다.

삽시간에 전황이 또 한 번 변화를 맞이했다. 선두에서 군
대를 이끌고 있었던 로우나 르나이아가가 제국군의 움직임
이 기묘해지는 걸 인지했을 땐 이미 늦은 뒤였다. 제국군은
미리 준비해놨던 함정은 물론이요, 진형의 변화까지 모두
펼쳐 보였다.

기세가 붙을 대로 붙었던 만큼 반전에 이은 충격은 더욱
컸다. 왕국군 선진은 혼비백산해서 제국군의 반격에 당하
기 시작했다. 바로 그 시점, 로우가 서서히 밀리기 시작한
아군을 이끌고 후퇴를 개시했다.

줄행랑치는 적군을 보며 레인은 승리를 자신했다. 이건
지난번 레이드의 왕국군을 깨트렸을 때와 동일한 양상이었
다. 패배할 거란 상상은 되지 않았다. 그는 망설임 없이 총

공격을 명령했다.

"내가 선봉에 서겠다! 가자!"

레인은 선봉에 서서 왕국군을 추격했다. 그만큼 반전을 노린 승부수는 위력적이고 확실하다고 판단했다.

"여신의 종을 가진 여인도 이 정도가 한계인 듯싶군. 분명 어떤 사내보다도 뛰어난 여인이었지만, 결국 여성은 여성일 뿐인가."

승세가 점점 제국군에게로 기울기 시작했다. 제국군의 기세는 점점 상승세를 타갔다. 그들의 추격을 겨우 뿌리치며 왕국군은 엘바 강가 앞까지 도달했다. 강 중하류 부근이었다. 로우가 황급히 강의 깊이를 확인했다. 깊지도 않고 얕지도 않을 만큼 적당히 물이 차 있었다. 지나가는 데는 크게 문제가 없었다.

"시간이 없다! 빨리 건너라!"

왕국군이 거의 다 넘어갔을 즈음, 제국군도 강에 발을 담그기 시작했다.

레인의 부관 이자드가 물의 깊이를 확인하고는 말했다.

"재상님, 뭔가 석연치 않습니다. 왕국군이 굳이 이 강을 건넌 것부터가 이상합니다. 지금 계절에 이토록 강의 수심이 얕다니…… 지금이라도 후퇴하셔서 전열을 가다듬으시는 게 어떻겠습니까?"

"흐음. 확실히 뭔가가 미심쩍어. 하지만 우리의 보급선이 한계에 다다른 것도 사실. 이자드, 자네가 먼저 건너보도록. 그럼 나는 나머지 반을 이끌고 대기하고 있겠다."

"예. 맡겨주십시오."

이자드는 부대를 추려서 강을 건너기 시작했다. 그렇게 제국군의 허리가 건너갈 즈음이었다. 먼저 반대편 강가에 올라와 있었던 왕국군이 강 건너에서 화살비를 쏟아 댔다. 그 탓에 잠시 진군이 멈춰 앞과 뒤 모두가 응집된 순간, 제국군의 악몽은 시작되었다.

강 상류에서부터 물결치는 소리가 요란스럽게 들려오기 시작했다. 그 소리는 맹렬한 속도로 커져갔고 곧 거친 물살을 동반하여 제국군을 덮쳤다.

"무, 무슨? 전군 후퇴하라! 후퇴!"

이자드의 그 목소리도 삽시간에 수심에 가라앉아 버렸다. 어떻게 헤엄치려고 하는 이들도 왕국군의 화살 세례에 숨을 거두기 일쑤였다.

"……"

수계에 꺼져가는 병사들의 불씨를 바라보며 레인은 침묵을 지켰다.

레인은 이번 전투에서 귀족 지휘관들을 비롯해 그를 따르던 수많은 군신들을 잃고 말았다. 더불어 병사들도 반절이나 잃음으로써, 앞으로의 승패를 장담할 수 없게 되었다.

"그래도 아직 포기는 이르다."

레인은 전열을 가다듬고 재기를 노렸다. 버티고 또 버텨서 어떻게든 역전의 발판을 찾을 셈이었다. 그러나 완벽한 수를 두는 레인으로서도 어쩔 수 없는 것이 있었으니.

장기전으로 가기에는 보급선의 문제와, 점점 떨어져가는 사기였다. 반대로 사기가 붙을 대로 붙었던 왕국군은 수적 불리함을 뒤엎고 제국군을 수세로 몰아붙이기에 이르렀다.

"정말이지 만만치 않군."

수를 예측하면 할수록 절망만이 쌓여갔다. 더 이상 무의미한 전쟁을 계속하는 건 무능한 자의 선택지였다.

이쯤 되니 레인은 사실상 전쟁에서 패배했음을 인정해야만 했다. 이제 남은 건 패잔병들을 이끌고 바닷길로 돌아가는 길뿐이었다. 하나 그것조차도 그에게는 쉽사리 허용되지 않았다.

그대로 해로를 이용해 도망칠 생각이었지만 여의치 않았다. 어떻게든 살아남아서 후일을 기약하려 했으나, 왕국 추격군에게 뒷덜미를 붙잡히고 큰 사상자를 내버렸다.

불과 1000여 명의 패잔병만을 데리고 겨우 동쪽 해안가에 다다랐다.

추격군의 대장은 로우였다. 그의 지휘 하에 왕국군은 천천히 레인과 그 측근 병력을 둘러싸며 위협했다.

"레인 디너즈 공, 함부로 다루지 않을 테니 그만 항복하시오."

"항복이라. 그래, 승부는 이미 났지. 포르테 공작, 터무니없는 부탁일지 몰라도 나는 당신이 아닌 붉은 왕비를 만나보고 싶소만."

"싫다면?"

"이대로 사상자를 내고 도망가도록 하겠소."

"그렇다면야."

로우는 레인의 부탁을 들어주었다. 적당히 구속하여 메를리니에게 끌고 갔다. 적진 한복판에 무기도 없이 포박된 채로 서 있어도 레인의 표정에는 두려움 따위 없었다.

메를리니가 말에서 내려 레인과 마주했다. 유지니를 비롯한 호위병들이 항시 위험에 대처할 수 있도록 바짝 경계했다.

"대접이 불편하진 않았나요? 바람의 재상."

"패자에 대한 대우 따위는 중요치 않습니다. 저는 그것보다 왕비가 되신 것에 감복할 따름입니다. 마지막으로 뵌

건 왕태자비였을 때였지요."

"저의 무리한 추리력을 기만하듯이 기회로 삼으셨죠. 좀처럼 잊히지 않는 기억이에요."

"하하하, 그래서 저는 더 놀랐지요. 설마 에리 황녀님을 내쫓는 데 성공하고 당당히 그 자리를 꿰차실 줄은 몰랐습니다."

"그 점에 대해서는 당신을 혐오합니다."

"예. 설마 자신을 죽이려고 했던 여인에게 그런 대우를 해주실 줄은. 솔직히 놀랐습니다. 거기다 북부 대평원 전투에서 라우 제노스 재상이 이끄는 군대를 격퇴하는데 일조했단 소식도 놀라움을 더했지요. 그 외에도 외교 쪽으로도 수완이 대단했다고 들었고. 결국 이 전쟁의 종지부까지 자신의 손으로 지으시는군요. 이제는 잔혹의 여왕 제시 크리바흐를 넘어섰다고 해도 과언이 아니겠습니다."

메를리니가 한쪽 입술을 올렸다.

"이제 와 아부라도 떨어서 생명을 부지하겠다는 안일한 생각은 아니실 테고. 칭찬의 요지를 알고 싶군요."

"그저 순수한 의도일 뿐입니다."

"순수, 순진이란 단어와 가장 안 어울리는 남자가 할 말은 아닌 듯싶네요."

메를리니는 손짓으로 로우를 불러들였다. 그에게 레인의 최후를 맡길 셈이었다.

레인이 어깨를 가볍게 으쓱거렸다.

"로우 르 포르테 공작께서 제 마지막을 인도해 줄 분이신가 보군요. 이거야 영광입니다."

"네. 당신을 포로로 써서 외교적 우위를 차지해야 한다는 주장도 있었지만, 저도 한 명의 아내라서요. 그리고 디너즈 공이 죽기를 바라는 건 비단 저만이 아니에요. 아마 루티아르 국민 모두가 바라는 게 아닐까 싶네요."

메를리니가 신호하자 로우가 슬슬 검을 뽑아 들었다.

레인은 양팔이 뒤로 묶인 상태에서도, 곧 죽음을 맞이할 입장임에도 태연한 자태였다.

"왕비 마마, 죽기 전 부탁이 하나 있는데 들어주시겠습니까?"

"들어 보고 결정하죠."

"염치없지만 저와 함께 붙잡힌 이들의 목숨만큼은 살려주시길 부탁드립니다. 수천, 수만 명이 죽어 나간 이 비극 속에서 살아남은 몇 안 되는 패잔병들입니다. 그들을 살려 보내주시면 마마에 대한 세계의 평판도 좋아질 것입니다."

메를리니는 대답 대신 고개를 끄덕였다.

레인은 빙그레 웃으며 옆에 서 있던 로우를 바라봤다.

"자, 그만 끝내주십시오."

참으로 조용한 결말이었다. 레인은 이 이상, 어떤 말도 내뱉지 않았다. 지그시 눈을 감고 로우의 검이 자신의 목에 닿는 걸 맞이했다. 왕제 전쟁의 시작을 주도했고, 마지막까지 이끌었던 희대의 인물은 그렇게 유명을 달리했다.

*　　*　　*

메를리니는 눈살을 찌푸렸다. 후각을 자극하는 피비린내가 콧등을 좀 쑤시는 느낌이었다. 숨을 한 번 내쉬고 들이킬 때마다 얼굴의 주름이 짙어졌다. 이내 참다못해 입으로만 숨을 쉬었다. 썩고 비린내가 진동하는 공기가 모두 입에서 목을 오간다고 생각하니 토할 것 같았다.

전란의 흔적이 루티아르 전역을 가득 채워서 온전한 땅 따위는 거의 없다시피 한 실정이었다. 어딜 가나 시체와 폐허로 도시가 남루했다. 초원은 본디 푸르렀을 초록의 기운을 잃고 검붉은 때로 뒤덮여 있었다. 사내인지 여인인지 구분할 수 없게 뒤엉켜 썩어가는 시체들이 풀을 짓밟고 수북이 쌓여 있었다.

가족과 터전을 잃은 민초들의 울음소리가 마치 초원의 비명을 대신하듯 비통하게 들려왔다.

죽지 마라— 가지 마라—

백성들의 통곡 소리는 지나간 전투 속에서 죽어 갔던 가족들의 영혼을 달래고 있을 것이다.

메를리니는 일손이 부족해 시체 수습이 더뎌지는 걸 고려해, 대민지원의 목적으로 병사들을 고루 배치해 주었다. 그래도 마음이 편치 않았다.

"전쟁이란 참 부질없는 거야……."

"마마……."

유지니는 메를리니의 슬픈 눈동자를 지켜봤다. 이번 전쟁에서 소중한 친우는 물론, 사랑하는 남편, 수많은 국민들을 잃은 메를리니의 눈동자는 애처롭다 못해 절망스러운 빛을 띠고 있었다. 그녀의 슬픔을 달래줄 어떤 말도 떠오르지 않아 유지니도 괴로웠다.

시체들을 확인하던 병사들은 메를리니의 부름에 일사정연하게 대형을 갖추었다. 이러한 군기가 왕제 전쟁을 승리로 이끈 주역이었으리라. 하나 그 자랑스러운 위용도 결코 메를리니의 기분을 뿌듯하게 만들지는 못했다.

그 어떤 미사여구로 꾸며도 전쟁이란, 화려하고 숭고할 수 없었다.

"유지니, 다음은 어디지?"

"네. 서쪽 지방입니다."

"서쪽이라면 리케드나의 고향이 있는 곳이구나."

종전 후. 메를리니는 왕국 전토 순행을 계속 이어가는 중이었다. 가장 큰 피해를 입었던 남부를 순시했고, 이제 서부로 향하는 참이었다. 전쟁의 주요지역이든 그렇지 않은 곳이든 마음과 몸에 남은 상처의 골은 모두 똑같았다.

서쪽 지방에서 가장 먼저 들른 곳은 모브리에 백작령이었다. 궁녀장 리케드나의 넋을 기리고 싶은 마음도 있었다. 리케드나의 아버지 개리 백작을 비롯한 주변 군소귀족들이 마중 나왔다. 그들은 메를리니를 극진히 대접해 주었다.

이걸 다행이라고 해야 할지. 상대적으로 피해가 적은 지역이라 끔찍한 광경을 보는 일은 드물었다. 메를리니는 불편했던 심기가 조금은 누그러드는 기분이었다. 이 온화한 감정을 잊기 전에 다른 지역도 돌아야겠다고 판단했다.

북쪽 지방은 남부와 동부 다음으로 피폐해진 지역이었다. 그나마 라우 제노스가 이끄는 제국 본군이 들이닥치지 못했기 때문에 비교적 안정적인 상황이었다. 북부 공방전의 최대 수혜자이자 일등공신이었던 로우 르 포르테 공작이 북부 정비 총괄을 맡고 있었다.

메를리니는 행렬을 이끌고 로우가 임시로 머물고 있던 저택으로 향했다. 서쪽과 마찬가지로 북부의 귀족들이 메를리니를 환영해 주었다. 모두가 한 지역의 유지들로서 각 영지의 회복을 최우선 하는 인물들이었다. 메를리니는 그들의 노고를 한 명, 한 명, 눈을 맞추고 치하해 주었다.

"잉게 자작, 고생이 많으시네요."

"예! 끄떡없습니다!"

"레보스 백작, 앞으로도 영지를 잘 부탁드립니다."

"여부가 있겠습니까."

북부의 귀족들은 순서대로 메를리니와 응대를 나눴다. 그들은 메를리니야말로 차세대 루티아르의 지도자에 가장 적합하다는 마음가짐을 품고 있었다. 그만큼 메를리니가 왕태자비가 된 뒤로 겪었던 고난과 그 해결 방안은 인상적이었고 왕제 전쟁에 마지막에 보여 준 모습은 지도자로 손색이 없었다.

메를리니는 귀족들의 충정을 뒤로하고 저택 안에서 로우와 만남을 가졌다. 로우의 방으로 들어서니 선물보따리가 한가득이었다.

"이게 다 웬 건가요. 아리따운 드레스에서부터 각종 희귀한 보석까지. 포르테 공작, 고맙습니다. 소중히 간직할게요."

"별말씀을. 마마가 아니었다면 저는 지금쯤 하늘나라를 여행하고 있었을 겁니다."

이런 시기에는 사치품을 제값에 구입하는 것만으로도 굶주린 국민들에게 큰 도움이 된다. 꼭 그런 복지사업이 아니어도 더 해 주고 싶은 마음이 굴뚝같았다. 로우에게 있어 메를리니는 은인인 동시에, 외조카의 아내이기도 했다. 자신의 여동생 데레니아 왕태후의 압정 속에서 이만큼 성장한 메를리니에게는 감탄이란 수식어만으로는 부족했다.

창가에서 투둑, 투둑, 빗소리가 들렸다. 소나기였다.

"오랜만에 내리는 비로군요. 아무쪼록 빗물이 피로 얼룩진 나라의 상처를 씻겨주었으면 하는 바람입니다."

로우는 나지막이 창가를 바라봤다. 그에게서 진중하면서도 따뜻한 분위기가 엿보였다. 그는 뜨끈한 커피를 음미하고 천천히 입을 열었다.

"왕비 마마, 긴 여행길 중에 외람되오나, 부탁을 하나 드리고자 합니다."

"말씀해 보세요."

"전쟁은 끝났지만 역시 지도자의 빈자리가 영 걸립니다. 국민들은 보다 빨리 안정감을 누리고 싶어 하기 마련입니다. 더욱이 지금처럼 나라가 안팎으로 혼란스럽고 힘든 시기에는 더더욱 그렇습니다."

"서두는 이후로. 본론부터 말씀해 주세요."

"예. 단도직입적으로 말씀드리지요. 저는 왕비 마마께서 왕위에 오르셨으면 하는 마음입니다."

메를리니의 동공이 커졌다.

"네?"

"왕비 마마께서 왕좌에 오르시길 부탁드리는 것입니다."

"잠시만. 이유를 알 수 없네요. 공작께서 라빈의 존재에 대해 모르실 리 만무하고. 어찌 제 아들이 살아 있는데, 제가 왕위에 오를 수 있나요? 저는 라빈을 왕으로 앉히고 섭정을 할 생각이었어요."

로우가 고개를 절레절레 흔들었다.

"아뇨. 저는 개인적으로 왕비 마마께서 왕위에 오르시는 게 좋지 않을까 사료됩니다. 라빈 왕자님께서는 아직 어리십니다. 아니, 어리신 정도가 아니라 아직 뭔가를 판단할 수 없는 연령이십니다. 왕 대리로서의 입장인 섭정이 갖는 영향력과 여왕이 가지는 영향력은 달라도 너무 다릅니다.

라빈 왕자님께서 훌륭한 광휘의 길을 걷는 것은 성인이 되신 후에도 늦지 않습니다. 당장 루티아르는 더없이 훌륭한 지도자가 이끌어주셔야 합니다."

"여성 지도자라…… 잔혹의 여왕 제시 크리바흐처럼 말인가요?"

로우는 고개를 끄덕였다.

"예. 많은 이들이 왕비 마마의 능력과 자격을 믿어 의심치 않습니다. 우리의 철천지원수라고 할 수 있는 다이헤르 제국은 남부에서 궐기한 아르펜 태제와 페르만 황제가 각축전을 벌이고 있습니다. 감히 청하건대 아르펜 태제와의 협약을 통해 그들을 맞이하시어, 여왕보다도 더 높은 자리에 오르실 것을 강력히 촉구하는 바입니다."

"여왕보다 높은 자리요?"

"예. 황제, 즉, 여제 말씀입니다. 루티아르 왕국이 아닌, 루티아르 제국을 세우시는 겁니다. 그래야만 다이헤르 제국 따위의 나라가 업신여기는 일이 없어질 것입니다. 이번 전쟁의 승리로 어느 정도 기회는 마련됐다고 사료됩니다."

메를리니는 목덜미를 어루만지며 마음을 가다듬었다. 입안에 물은 커피를 혀끝으로 굴려보더니 살포시 넘겼다. 그래도 감정의 동요가 쉬이 진정되지 않았다.

"그건 너무…… 과한 선택이 아닐는지요?"

"이미 저를 비롯해 각 영지의 영주들, 그리고 중앙의 귀족들 모두가 합의한 사안입니다. 자, 이것을 봐주십시오."

로우가 내민 건 루티아르의 귀족들이나, 작위가 없더라도 행사권이 있는 각 지역의 유지들이 기재한 서약서 뭉치였다. 메를리니가 모든 중요 인물들을 알진 못했지만, 대충 이름 있는 사람들은 모두 누가 누군지 파악할 수 있었다.

"으음."

"그만큼 현재 루티아르에는 특별한 상징성이 필요한 시점입니다. 왕태후 마마께서도 딱히 반대하시진 않겠지만, 행여 그렇게 나오신다고 하더라도 제가 설득하겠습니다. 왕비 마마께서는 황제의 자리에 오르는 것만 생각해 주십시오. 모든 준비는 저희 수뇌부가 마쳐 놓겠습니다."

메를리니는 고개를 슥 젖히더니 얕은 한숨을 내쉬었다. 아직은 어찌해야 할지 갈피가 잡히지 않았다.

"좀 더 생각해볼게요. 우선 전국 순례를 마저 끝내야 하기도 하고요."

로우도 딱히 지금 결정을 내려주기를 바라진 않았다. 당장 그가 할 수 있는 일은 귀족들뿐 아니라, 백성들의 마음도 일치단결시켜 메를리니의 즉위를 받쳐주게 하는 것이었다.

두 사람의 대화는 그렇게 잠정적으로 끝이 났다.

이튿날, 왕비의 순례는 마지막 지역인 동부로 방향을 잡았다. 제국 해군에 의해 피해 정도가 컸던 해안 주변 지역을 중심으로 이동했다. 동북부의 소도시 데비간데에 들렀을 즈음, 메를리니는 여관 앞에서 우는 아이를 다독여주고 있던 낯익은 얼굴과 만났다. 로베룬 왕국 용기사단의 부단장 플로아 뷔렌이었다.

"플로아 부단장?"

"우와. 메를리니 왕비님?"

"여기서 뭘 하고 계신 거예요?"

"아아. 전쟁고아들을 챙겨 주는 중이었어요. 별다른 임무가 없을 때는 개별적으로 활동하는 편이어서요. 일종의 대민지원이랄까요."

그렇게 말하며 플로아는 배시시 웃었다. 참으로 순수한 미소였다. 그녀의 정겨운 얼굴을 마주하니 메를리니도 근심이 다소 가시는 기분이었다.

두 사람은 오랜만에 만난 기쁨에 이것저것 회포를 풀면서 그동안 응어리졌던 고민거리를 해소하는 시간을 가졌다.

플로아가 테이블을 만지작거리며 말했다.

"뭐 고민할 게 있을까요? 국민들의 뜻이 그렇다면 주저

없이 받아들이시는 것도 나쁘지 않다고 생각해요. 혹 여제가 되는 게 두려우신 건가요?"

"아뇨. 그건 아니에요. 두렵거나 불안하기보다는…… 역시 낯선 거리감이랄까?"

"왕국으로 운영됐던 나라에서 왕비였던 여인이 여왕도 아니고, 여제가 된다는 건 굉장히 낯선 경험인 게 맞죠. 잔혹의 여왕 제시 크리바흐도 결국 여왕에서 그쳤는데, 왕비님께서는 여제가 되시는 거니까요. 법이나 여러모로 재편되어야 할 것도 산더미 같을 거고, 그만큼 왕비님이 하실 일도 많아지겠죠. 그렇다고 되기 싫으신 건 아니잖아요?"

그녀의 말대로였다. 딱히 여제가 되기 싫어서 꺼려지는 건 아니었다. 그저 갑작스럽게 들이닥친 새로운 환경에 대한 거부감일 뿐이었다.

메를리니는 가볍게 숨을 골랐다. 한결 마음의 짐이 덜어졌다. 역시 플로아와 대화해 보길 잘했단 생각이 들었다. 플로아의 자유기사로서의 관점은 얽매일 게 많았던 메를리니의 고민을 해결해 주는 데 큰 도움이 되어 주었다.

\*　　\*　　\*

메를리니는 긴장된 마음을 억누르고 의상을 점검했다. 유지니의 주도하에 궁녀들이 메를리니의 옷차림을 꼼꼼히 살폈다. 보랏빛 천에 은사를 덧댄 드레스를 걸친 메를리니의 모습은 아름답기 그지없었다. 거기에 붉은 망사 위로 금사가 섞인 망토, 붉은 장미가 달린 태피터 재질의 모자도 함께 마련해 놓았다.

바깥은 웅성거리는 인파의 목소리로 온통 시끌시끌했다. 긴장됐는지 오른팔이 으슬으슬 떨렸다. 라빈이 다가와 어머니의 떨리는 팔을 포옥 안아주었다. 이 아이의 해맑은 미소를 보고 있노라면 번뇌가 모두 보잘것없게 느껴졌다. 메를리니는 라빈의 머리를 쓰다듬어주고 슬슬 나갈 채비를 했다.

한 걸음, 한 걸음, 조용하면서도 힘찬 발걸음을 내디뎠다.

환하게 쏟아지는 햇빛을 마주하고 눈을 감았다 떴다. 수도 레필타의 중앙광장을 가득 메운 군중이 보였다. 메를리니의 맑은 눈동자는 광장에 모인 백성들 하나, 하나를 모두 살펴보듯 스윽 펼쳐졌다.

어느 때보다도 무겁고 진솔한 목소리로 가슴속에 간직했던 말을 꺼내 보였다.

"저, 메를리니 폰 루티아는 이 자리에서 맹세합니다. 앞으로 대중을 만나고, 국민을 만나는 경건한 자리에서 낮춘 말을 쓰지 않겠다고 다짐합니다. 그 자세 그대로, 여기까지 찾아와준 그대들의 마음을, 그 환영과 감사를 정성스럽게 받아들이겠습니다."

살며시 고개를 숙였다가 다시 정면을 바라봤다. 간혹 그녀와 눈이 마주친 백성은 얼굴에 홍조를 드리우며 쑥스러워했다. 메를리니도 환하게 미소 지으며 화답했다.

"저는 단언합니다. 이 세상 어떤 보석도 여러분의 존귀한 마음의 보석보다 아름다울 수 없다는 것을. 저는 여러분의 사랑으로 말미암아 그 어떤 영광보다 더 영광스러운 자리에 서 있습니다. 충성, 감사, 사랑, 마음, 배려, 존중, 모든 단어가 함축되어 쏟아지는 찬사에 기쁘기 그지없습니다. 주신과 성신의 가호는 당연한 것이고, 그 당연한 밑바탕에 여러분이 함께하는 것. 그것보다 중요한 것은 없습니다."

그녀의 어조는 감미로웠고, 또 진실에 한없이 가까웠다. 그녀가 거짓으로, 허울로 가려진 말을 읊고 있다는 생각이 전혀 들지 않았다. 군중은 두 손을 꼭 모아 경건한 자세로 경청했다.

"저는 탐욕스러운 독재자나, 뒤가 없는 폭군, 규율규칙에 얽매이는 우매한 군주가 될 생각이 추호도 없습니다. 저는 그 어떤 장애물에도 꺾이지 않을 것이고, 흔들리지 않을 것이며, 도망치지도 않을 것입니다. 제가 품을 재산 또한 모두 여러분의 몫과 함께하는 것이라고 생각하기에, 어떠한 부정도, 부패도 없는 깨끗한 입장을 견지하리라 다짐하는 바입니다."

메를리니는 크흠, 목소리를 가다듬었다.

"이 자리를 기해 제 비밀 하나를 밝히려고 합니다. 저는 탄생의 여신 루비아나님과 죽음의 신 토빌메님의 가호를 받고 있습니다. 두 신께서 제게 내린 책무를 이행하는데 거짓 없으며, 신의 영광을 받드는데도 충실할 것이며, 루티아르의 모두를 위해 이 한 몸을 바치려 합니다."

메를리니는 조용히 말을 맺고 광장 가장 앞 열에 서 있었던 각계 막료들을 불러들였다. 한 사람씩 메를리니에게 숭고한 충성을 바친다는 맹약을 하고 그녀의 손에 입을 맞추었다.

맹약의 시간은 사람 수가 많다 보니 꽤 오랜 시간 동안 진행되었다. 그럼에도 광장에 모여든 백성 중 누구 하나 자리를 떠나는 이가 없었다. 오히려 새로운 인원들이 들어차 더욱 북적였다.

모든 법도와 절차를 마친 메를리니는 다시 군중 앞에 섰다.

"오늘날, 드넓은 세계의 역사 속에 저보다 뛰어난 군주는 얼마든지 있었습니다. 앞으로도 저보다 현명하고 강인한 군주들은 어느 나라에서나 나타날 것입니다. 그러나 세상에 지도자라는 역사인물이 생겨난 이래, 또한 앞으로 태어날 새로운 지도자 중 그 누구라도, 저보다 국민을 사랑하는 지도자는 없을 것이라고 단언합니다. 여러분의 삶이 윤택해지고 번영하는 모습을 보는 게 저의 바람이자 숙원입니다. 그에 거짓이 없음을 메를리니 폰 루티아의 이름을 걸고 맹세하는 바입니다. 여러분, 사랑합니다."

메를리니는 연설을 끝내고 정중히 고개를 조아렸다. 그녀가 고개를 들었을 때, 백성들의 함성 소리가 쩌렁하고 울렸다. 그에 화답하듯 두 손을 들어 보였다.

라빈이 왕관을 가져와 메를리니의 머리에 얹혀주자, 여기저기서 열정적인 환호성이 터져 나왔다. 그들의 축복과도 같은 목소리가 연신 귀를 간질이니, 어느 순간, 감정이 북받쳐 눈물이 흘렀다. 메를리니는 라빈의 손을 꾹 잡고 계단을 따라 군중을 향해 걸어갔다. 머리에 인 왕관이 무거우면서도 무겁지 않은 느낌이었다.

제7장

붉은 여제

『붉은 여제를 기리는 시가 우후죽순으로 넘쳐나던 시기가 있었다. 폐하께서 이룩하신 수많은 업적과 훌륭한 행실에서 비롯된 것임을 누구 하나 믿어 의심치 않았다.

-데미안 피르체-』

위엄이 넘치는 방 안의 분위기. 그 분위기를 온몸으로 발산하는 당당한 여인. 어질고 너그러워 보이면서도 품속에 호랑이를 키우는 듯 용맹해 보이는 여인. 근엄할 것 같지만 실상 부드러운 목소리의 여인. 여제에 오른 메를리니를 표현하는 수많은 문구들이었다.

감히 그 숭고함에 대들거나 함부로 할 수 없음이 자명했다. 동부의 도시 중 하나인 피츠의 대표로 찾아온 지터도 마찬가지였다. 그는 알현실에 들어온 뒤에도 머리를 숙인 채 침묵을 일관했다.

메를리니의 자애로운 목소리가 지터의 귀를 다독였다.

"지터 아르딜 공, 너무 어려워하지 않으셔도 된답니다."

"송구합니다."

지터는 여전히 고개를 숙인 그대로였다.

메를리니가 고개를 갸웃거리며 의아해했다.

"동부의 수장이신 아만 후작의 말씀으로는 당돌해도 그렇게 당돌할 수 없는 분이라고 들었는데. 제가 황제라서 그런 건가요? 그런 거라면 신경 쓰지 말고 편하게 대해도 좋아요."

"당치도 않습니다."

"흠. 그렇게까지 부담되신다면 어쩔 수 없죠. 억지로 강요할 생각은 없습니다. 그래, 그건 그렇고 저를 만나러 온 이유는 뭔가요? 설마 그냥 황제를 만나 보고 싶어서 온 것은 아닐 테고요."

지터는 시선을 바닥에 둔 채로 서서히 입을 열었다.

"폐하, 사실은 긴히 청해드릴 게 있습니다."

"말씀해 보세요."

지터는 동부 도시 피츠에 대한 이야기를 메를리니에게 털어놓았다.

이야기를 다 들은 메를리니의 표정은 당혹감에 서려 있었다.

"그럴 수가…… 저는 꿈에도 몰랐습니다. 지터 아르딜 공, 왜 진즉에 보고하지 않은 건가요? 그랬다면 조치를 해 주었을 것을……."

"피츠의 시민들이 폐하께 짐을 드리고 싶어 하지 않았습니다. 참혹한 전쟁의 여파로 전염병이 감돈 지역인 지라, 행여 폐하께서 직접 오시지는 않을까 걱정했습니다."

메를리니는 이마를 되짚었다.

"그 말이 맞네요. 백성들이 저에 대해 너무 잘 알고 있어서 걱정될 정도네요. 지터 아르딜 공, 피츠의 문제는 제가 해결해드리겠어요. 먼저 돌아가서 백성들을 다독여주세요."

"하해와 같은 성은이십니다."

지터는 고개 숙여 감사의 표시를 전했다. 피츠의 백성들에게 들고 갈 선물이 생겼음에 다행이었고 또 기뻤다.

그로부터 일주일 후. 메를리니는 대신들의 만류를 뿌리치고 직접 피츠 순시에 나섰다. 관료들이 부랴부랴 최선의 준비를 맞춰 놨다. 큰 무리를 이끌고 동부의 도시 피츠에 도착한 메를리니는 마중 나온 지터를 만나 세세한 내용을 들었다.

"우선 피츠의 중심으로 가셔야 될 것 같습니다. 제가 모시겠습니다."

지터가 앞장섰다. 여제의 행렬이 지터의 안내를 받으며 피츠를 순시하던 때였다. 피츠에서 가장 빈곤한 구역을 지나다가 메를리니가 행렬을 멈춰 세웠다. 폭삭 주저앉은 건물 앞마당마다 천막으로 만든 거주지가 눈에 띄었다.

"지터 아르딜 공, 내 노파심에 묻는데, 혹 저 천막으로 만든 것들이 집인가요?"

지터는 선뜻 대답하지 못하다가 메를리니의 눈치에 결국 대답했다.

"송구합니다. 피츠는 제대로 일할 수 있는 일손이 부족해서 당장 모든 거주민들을 챙기기 어려운 실정입니다. 아시다시피 전쟁과 전염병으로 인력이 많이 죽었습니다. 지금 살아 있는 이들도 병환과 사투 중입니다."

"그런……."

메를리니는 당장에 말에서 내려 천막집 한 곳으로 다가갔다. 호위병들이 깜짝 놀라서 헐레벌떡 메를리니를 뒤따랐다. 전염병이 옮을 수도 있었다. 그래도 메를리니는 발걸음을 멈추지 않았다. 그녀는 천막을 들추고 안으로 들어가

봤다. 케케묵은 먼지와 냄새가 감각을 자극했다. 못내 인상을 찌푸리는 그녀의 앞으로 웬 사내아이가 다가왔다. 아이는 똘망똘망한 눈으로 지그시 쳐다봤다.

"누구세요?"

메를리니는 대답하지 않고, 아이를 가만히 바라보았다. 허름한 옷차림에 제대로 씻지 못했는지 때가 낀 얼굴, 그저 표정만 밝은 아이…… 이 집과 아이는 현재 피츠의 현실을 대변하는 그 자체였다. 이내 쓴웃음을 머금으며 말했다.

"애야, 이름이 무엇이니?"

"자미. 아주머니는 누구신데요?"

이번에도 메를리니는 대답하지 않고 애처로운 눈빛만을 지었다. 그러는 통이니 자미는 답답해 죽을 지경이었다. 자미의 기분이 고조되어갈 찰나, 메를리니가 자미를 와락 안아주었다. 그리고 말했다. 회한에 찬 목소리로.

"이 내가 무슨 자격으로 나를 밝히겠니. 황제라는 자가 이런 것도 모르고 살았다니…… 내 자격조차 의심이 되는구나……."

"와아…… 아주머니가 황제 폐하세요?"

"그렇단다. 자미야…… 내가 무슨 수를 써서라도 이 피츠를 행복하게 만들어 주마……."

메를리니는 자미를 꼭 안은 그대로 부들부들 떨었다. 라빈과 비슷한 또래의 이런 아이들이 고생한다고 생각하니 눈물이 핑 돌았다. 황제가 되었다 하여 끝나는 게 아니었다. 붉은 여제라고 불리며 유명세를 떨친다 하여 마지막에 다다른 게 아니었다. 아직 할 게 너무나 많았다.

스스로를 반성하듯 메를리니는 수도로 돌아온 뒤, 이것저것 해결할 내정 문제를 중점적으로 다뤘다. 피츠에서 자미와 만났던 일이 벌써 일주일 전의 기억이 되었다. 메를리니는 로우 르 포르테 공작을 불러 방법을 강구케 했다. 로우는 며칠의 시간을 요했고 그 시간 동안 자신이 늘 생각해 왔던 정책을 정리했다.

기존의 구휼책을 강화하는 게 최우선 목적이었다. 국고를 풀고 나누어주어 나중에 돌려받는다는 식의 기존 방침과 크게 다르지는 않았지만, 최대한 백성들의 입장에서 고려해 수치를 맞췄다. 이후, 이 정책에 의해 피츠를 비롯해 왕제 전쟁의 여파로 고생죽을 먹고 있었던 많은 백성들이 혜택을 받았다.

\*     \*     \*

휘이익. 푸슉—

이 두 박자가 터질 때마다 동물들이 자지러지듯 쓰러졌다. 화살에 맞은 동물들은 병사들이 우르르 달려가 포획했다. 메를리니는 자신의 활 솜씨가 무척이나 늘었음을 요즘 들어 실감했다. 수행원들도 여제 폐하의 일취월장한 실력을 보면서 뿌듯했다.

근래에 메를리니가 가장 애착을 보이는 취미는 승마, 활, 춤이었기에, 사냥은 승마와 활을 동시에 할 수 있는 인기 종목이었다. 특히 말에 올라타 사냥터나 전쟁터를 누빌 때의 그녀는 위풍당당하다는 말로도 부족했다. 그만큼 아름다운 기품과 더불어 위용이 넘쳐났다.

"라빈, 해 보겠니?"

"네. 어머니."

메를리니는 라빈의 활쏘기 자세를 유심히 지도해 주었다. 어디가 잘못됐는지, 또 어떤 점이 장점이므로 잘 살려야 하는지, 세심한 배려로 가르쳐 주었다.

루티아르 왕국이 루티아르 제국으로 바뀐 뒤, 어느덧 6년 정도의 세월이 흘렀다. 그동안 많은 일도 있었고 변화한 것도 많았다. 특히 교육적인 면에서 크게 바뀌었다. 다른 누구보다도 라빈에게만은 최고의 가르침을 전해 주고 싶었던 메를리니의 바람이 작용한 덕이었다.

여제가 추진한 교육정책은 간단하면서도 확고했다. 그녀가 교육에 대한 열정을 단순히 황자에게만 쏟았다면 문제가 많았겠지만, 역시 그녀는 국민들의 기대를 저버리지 않았다. 중산층 및 상류층의 교육 수준은 물론이고 그 아래의 계층도 자유롭게 공부할 수 있도록 체제를 개편했다.

한 번은 메를리니가 라빈을 데리고 소학교 입학식에 찾아오면서 난리도 그런 난리가 없었다. 너나 할 것 없이 여제와 황자의 등장에 기쁜 목소리로 환호했다.

선생들이 모두 모인 자리에도 참석해 한 명씩 인사를 드렸다.

"라빈 황자도 똑같은 한 명의 학생일 뿐입니다."

그녀의 기품이 넘치는 한마디에 모두 경건한 자세를 고수했다. 처음 여제에 등극했던 시기에 약속했던 대로 그녀는 단 한 번도 아랫사람을 함부로 대하지 않았다. 경어는 당연한 것 중 하나였다.

국민 모두가 메를리니를 경외해 마지않았고 진정으로 그녀를 따르고 모셨다. 그럼에도 통치 초기에는 이런저런 문제 요소가 많았다. 당장 전쟁의 여파를 다듬는 것부터 시작해서 국정에 대한 메를리니의 불안감, 기피감 등등. 여러

가지 난해한 요소가 많았다.

초창기 가장 큰 골칫거리는 다이헤르 제국의 이분 대전이었다. 아르펜 태제가 이끄는 남부의 세력과 페르만 황제가 이끄는 북부의 세력이 마주친 대립이었다. 당연히 메를리니는 아르펜의 손을 들어주었다.

루티아르가 황제국을 선포한 다음 해, 다이헤르 제국 북부와 남부의 결전이 한층 과열된 일이 있었다. 제국 남서부의 요충지였던 에가르트 요새가 함락되었다는 소식이 루티아르까지 들려왔다. 그곳은 원래 루티아르의 군대도 어느 정도 파견된 장소였다.

각계 막료들을 소집한 중앙회의에서는 로우를 비롯한 대다수의 귀족들이 병력을 소환해야 한다고 주장했다. 메를리니는 어떻게든 아르펜과의 우정을 중시하여 적은 숫자라도 그대로 놔둬야 한다는 생각이었다.

그러나 역시 대세를 거스를 수만은 없었다. 전쟁의 후폭풍으로 국토가 모두 피폐했고, 왕권제에서 황권제로의 변화. 그리고 루티아르 최초 여제의 탄생 등등. 메를리니의 집권 초기는 그야말로 소용돌이 그 자체였다.

"아르펜 태제께 양해를 구하고 병사들을 물리도록 하세요."

메를리니는 루티아르의 내정이 더욱 시급했다. 그런 연유로 부득이하게 아르펜에게 미안하다는 서신과 함께 병력을 철수시키는 선택을 내려야만 했다. 사실 그곳에 주둔했던 루티아르 군은 전황에 큰 영향을 미칠 수준도 아니었다. 그래서 메를리니도 그때의 결정이 잘못된 것만은 아니었다고 스스로를 다독였다.

하지만 그곳이 요충지라는 것은 부정할 수 없는 사실. 훌륭한 우호세력이었던 제국 남부가 무너져 버리면 루티아르에 다시 한 번 침략이 벌어질지 모를 일이었다. 6년 동안 제국 내부는 남북 간에 간간히 소규모 국지전이 벌어졌을 뿐 큰 전투는 없었다. 하나 양측 다 언제까지고 갈라져서 마주할 생각은 눈곱만치도 없었다.

변화의 추는 아르펜이 메를리니에게로 사자를 보내면서 이뤄졌다.

제국 남부의 사자로 찾아온 아퀼라 하몬 자작은 메를리니를 알현했다.

"지고하신 여제 폐하, 저희 주군께서는 기나긴 전쟁을 그만 끝내고 싶어 하십니다. 아니, 적어도 우세에 서고 싶어 하십니다."

"그게 정말 태제께서 원하는 것인가요?"

"예. 그렇습니다."

아퀼라의 의지는 확고했다. 알현실에 모인 루티아르의 정계 인사들은 침을 꿀꺽 삼켰다. 다시 전쟁의 불씨가 피어올라야 할 시기였다. 비록 이번에는 루티아르의 땅이 아니라, 다이헤르의 땅에서 벌어지는 전쟁이었지만, 병사로 차출된 백성들의 희생이 발판된다는 사실은 변함없었다.

물론 어떤 이유에서든 군대 파견에 반대하는 이는 단 한 명도 없었다. 남부의 우세를 바라는 건 루티아르도 마찬가지였다.

메를리니가 차분한 어조로 말했다.

"여섯 번의 해를 기다려 주어 고맙습니다. 약속은 아직 유효한가요."

"예. 물론입니다. 여제 폐하의 성은을 결코 잊지 않을 것입니다."

루티아르 측에서 만장일치로 결의가 남으로써, 아퀼라도 당당히 귀환할 수 있었다.

메를리니는 인접국에 동원할 수 있는 외교적 영향력을 최대한 끌어 모으는 한편, 에가르트 요새 함락을 돕기 위해 발 벗고 나섰다. 루티아르 군은 해로를 통해 다이헤르 남부 사피에로 병력을 이동했다. 메를리니 또한 이례적으로 친히 원정을 감으로써 지난날 군대를 철수시켰던 일에 대한 사죄의 의지를 밝혔다.

이러한 그녀의 거짓 없고 주저 없는 결단력이야말로 진정한 루티아르의 자랑거리였다.

\* \* \*

찜통더위가 기승을 부리는 여름날이었다. 멀리 남쪽에서부터 찾아온 루티아르의 이방인은 노숙한 차림 그대로 시장터를 돌아다녔다. 에가르트 요새의 유일한 장터를 누비던 사내는 솔빛이란 간판의 술집에 들어갔다. 전투요새라 제대로 된 유흥시설이 없었던 에가르트에서 그나마 형태를 갖춘 주점이었다.

어슬렁어슬렁 사내는 구석 자리에 엉덩이를 눌러앉았다. 그리고 무미건조한 목소리로 옆을 지나가던 종업원을 불렀다. 종업원은 사내의 행색을 훑어보더니 살짝 눈살을 찌푸렸다.

마구 헝클어지고 정돈도 안 한 머리카락에, 낭인이라기보다는 거지에 가까운 행색의 사내에게 돈이나 받을 수 있을까 싶은 심정이었다. 이내 종업원은 에이 모르겠다는 심정으로 주문을 받았다.

"뭘 주문하시겠어요?"

"간단히 먹을 만한 전과 술 한 병 정도."

"아…… 알겠습니다."

종업원은 적잖게 놀랐다. 분명 겉 꼬라지는 보잘것없었는데, 요깃거리를 주문할 때의 그 목소리에서 배어 나오는 고급스러운 자태란…… 언뜻 가끔씩 주점을 찾아오는 지체 높은 분들의 기품을 보는 것만 같았다.

만약 자신의 느낌이 거짓이 아니라면 그냥 넘어가선 안 될 문제였다. 종업원은 등을 돌린 뒤에도 마음이 놓이지 않아 조마조마한 가슴을 쓸어내렸다.

그때 주점 구석에서 점심 요기를 즐기던 이들이 종업원을 불렀다. 종업원은 얼굴에 화색을 띠며 그들에게 다가갔다.

한편 딱히 시선 둘 곳이 없었던 사내는 풀린 시선으로 종업원의 갈팡질팡하는 모습을 잠시 지켜보았다. 그러다 이내 종업원이 어느 정도 거리로 멀어지자 멍한 눈길로 창밖을 바라보았다.

새하얀 구름이 둥둥 떠다니는 하늘은 술을 반병 정도 마셨을 쯤 차츰 노란 빛을 띠었고, 마지막 한 점의 튀김을 입

가로 가져갈 즈음에는 붉은 단풍이 하늘 언저리를 메우고
있었다.

"핏빛 같은 하늘이구만."

"네놈 머리도 그렇게 만들어주기 전에 얌전히 따라오시
지."

사내의 주변으로 검을 쥔 무리들이 위치했다. 조금 전 종
업원을 불렀던 이들이었다. 허리에 검을 차고 제복을 입은
걸로 보아 제국군 병사들이었다. 하나 그렇든 말든 사내의
넋 나간 표정에는 전혀 변화가 없었다.

"우리를 무시하는 거냐? 건방진 자식이."

그들의 신경질적인 행동에도 불구하고 사내는 여전히 무
미한 표정이었다. 검을 뽑아 들고 달려들 때가 돼서야 비로
소 반응을 보였다. 그들을 순식간에 제압한 사내는 손을 탁
탁 털었다. 그리고 헐레벌떡 달려온 종업원에게 자신의 이
름이 적힌 문서 쪼가리를 건넸다.

"3일 뒤에 거기에 적힌 이름을 대고 나를 찾아와. 나 때
문에 엉망이 된 가게 수리비나, 음식값을 그때 지불할 테니
까."

"르나이아가라는 이름으로요?"

"어. 그게 내 이름이야. 3일 뒤야. 그때가 되면 어디로

찾아와야 할지 알기 싫어도 알게 될 거야. 그럼 이만."

르나이아가는 가볍게 스트레칭을 하고 주점을 나왔다. 대로를 지날 때 몇 명이 따라붙었다. 골목에 들어가자 열댓 명이 되었다. 다시 대로로 나왔을 때는 수십 명 정도가 뒤따랐다. 개중 한 명이 슥 다가와 속삭였다.

"르나이아가 경, 오는 새벽이 거사일입니다."

"경은 무슨. 나는 기사가 아니라니깐. 아무튼 작전 시각에 보자고."

"예. 아무쪼록 무운을."

무리는 쥐도 새도 모르게 스슥슥 흩어졌다. 다시 혼자 남은 르나이아가는 심드렁한 얼굴로 산책하듯 에카르트 내부를 돌아다녔다.

비슷한 시각 에카르트 요새 인근에는 다이헤르 남부군과 루티아르군이 주둔해 있었다. 에카르트를 포위하듯 뱅 둘러싼 형태로 공격명령만을 기다리고 있었다. 무려 6년의 시간을 기다려온 남부군은 이를 박박 갈며 기세가 하늘을 찌를 듯했다.

6년의 공백 동안 은밀하고도 치밀하게 요새에 병력을 진입시켜둔 아르펜은 그 심복들로 하여금 안으로부터 유언비어를 퍼트리는 등 안팎으로 혼란스럽게 만든 상태였다.

여기에 더불어 르나이아가를 필두로 다이헤르 남부의 정예들이 내부에서부터 동쪽 성문을 집중 공략해나갔다. 동시에 서문 쪽에서도 정체불명의 광역 마법이 빗발쳐서 상대적으로 동쪽의 경계가 허술해졌다.

결국 동쪽 문이 열리자, 양국의 군대가 노도와 같이 에카르트 안으로 밀어닥쳤다.

에카르트에 주둔 중이었던 다이헤르 북부군의 필사적인 항쟁으로 엄청난 손실을 입긴 했지만, 그래도 에카르트를 함락시키는 데는 성공했다.

에카르트에 다이헤르 남부의 깃발이 꽂힌 그날 저녁. 성곽 위에서 밤하늘을 쳐다보고 있었던 르나이아가에게 솔빛 주점 종업원이 찾아왔다. 르나이아가는 해맑게 웃으며 약속한 대로 돈을 지불해 주었다.

\*　　　\*　　　\*

피츠의 사례처럼 국가의 내정과 치안을 다독이면서, 동시에 에카르트 요새전에서와 같이 군이나 외교에 대한 관리도 빠짐없이 처리했다. 세간에 붉은 여제를 지칭하는 단어들은 셀 수 없이 많았다.

그도 그럴 것이 메를리니는 산전수전을 다 겪어오면서 자신의 장단점을 가릴 줄 아는 능력을 자연스레 길렀다.

여자 황제라는 건 상당한 불안요소를 잠재적으로 안고 가는 것이었지만, 스스로를 전설적인 인물로 포장하는 데 있어 이점으로 작용하기도 했다. 잔혹의 여왕이라고 불리며 역사의 한 획을 그었던 제시 크리바흐조차 넘어서는 붉은 여제라는 별명이 그것이었다. 이미 메를리니는 왕제 전쟁에서 보여 준 모습만으로도 거의 신격화되었다.

그녀가 전투에 참전하면 어지간한 맹장들의 돌격보다 무섭고 날카로운 효과를 발휘했다. 왕제 전쟁이 끝난 직후만 해도 크고 작은 반란이나 도적들이 기승을 부렸다. 그럴 때 메를리니가 직접 군을 이끌고 토벌에 나서면 바로 백기를 거는 이들이 수두룩했다.

이렇게 메를리니를 절대적인 존재로 우상화시키는데 가장 크게 공헌한 건 데미안이었다. 희대의 이야기꾼이라고 불렸던 그의 수완은 대단했다. 그의 능력으로 널리 퍼져간 이야기가 곧 연극이나 이러저러한 예능에 매개체가 되었다.

수많은 연극이나 종이책으로 집필된 그녀의 이야기. 특히 연극에 붉은 여제가 본격적으로 등장하기 시작한 계기가 있었다.

에카르트 요새 함락 직후 시기부터 메를리니 통치 중후반까지 탈도 많고 말도 많았던 게 연극이었다. 특히 수도 레필타에서 연극을 두고 논란이 많았다.

리콜다 백작이 일선에서 물러난 뒤에 다시금 연극의 거리에 극단들 간의 사사로운 마찰이 일면서 문제가 생겼지만, 메를리니가 죽기 전 연극 문화에 대해 확실히 마침표를 찍었다. 더불어 메를리니가 신분을 숨기고 연극의 거리에서 연극인들과 어울렸던 이야기가 회자돼 붉은 여제의 명성은 또 한 번 유명세를 탔다.

그렇게 그녀의 치세 아래, 루티아르는 문화의 황금기를 맞이했다.

제8장

찬란한 크니베유리

『붉은 여제라는 호칭을 낯간지럽다고 느낀 적이 한두 번이 아니다. 그리 긴 인생을 살아왔다고는 생각지 않지만, 어쩌면 처음의 시작도 누구를 원망하는 소망에서 비롯되었단 사실에 부끄럽기도 한 것을. 모두가 떠받들어줘서 과분하기 그지없는 이 자리에 앉았을 때도 참 많은 생각을 했던 것 같다. 리케드나의 이야기를 내 손으로 마저 이어가고 있자니 참, 많은 생각이 든다.

―붉은 여제 메를리니의 일기 中―』

　별이 떨어질 듯 말 듯 흔들거리는 기이한 현상이 발생해 천문학자고 백성이고 모두 놀랐다. 특히 레필타에 거주하는 이들이 크게 걱정했다. 누구는 별똥별이라며 기도를 드리겠다는 등 좋아했지만, 역시 그건 누군가의 죽음을 암시하는 별이라는 이야기가 많았다.

　데레니아는 창문 너머로 보이는 별의 흔들거림을 보며 나지막이 미소 지었다. 그녀는 평소 앓고 있는 병의 가짓수가 많았다. 중증이라기보다는 만성이었다. 대부분의 경우 그녀 스스로 병이라는 사실을 인정하지 않았다.

평소 병이라면 끔찍이 질색했고, 다른 사람들에게 환자로 보일까 봐 전전긍긍했다. 포르테 공작가의 여식으로 태어나 참으로 긴 인생 동안 약한 모습이 아닌, 강한 모습만을 보여야 했던 스스로의 의지 때문이었으리라.

침대에 누워서 몸도 제대로 가누지 못하는 지금도 현실을 부정하듯 피식 미소 지었다. 그나마 다행이라면 누구나 늙으면 다 걸린다는 치매라는 악질스러운 질환을 피했다는 걸까. 적어도 맨정신으로 떠날 때를 고를 수 있었던 걸까.

"왜 우는 것이냐? 메를리니."

데레니아가 고개를 슥 돌려서 마주한 이는 메를리니였다. 오른쪽 뺨을 따라 눈물 한 줄기를 흘리고 있는 메를리니였다. 자신이 죽이려고 했었고, 미워했었고, 이제는 자랑스럽게 여겨지는 며느리 메를리니였다. 아니, 모든 감정이 무의미해질 정도로 대단한 루티아르의 여제었다.

"그냥, 아주 그냥, 참으로 덧없다는 생각이 드네요."

"덧없다라……."

피부로, 가슴으로 와 닿는 말이었다. 둘의 관계는 미묘했으니까. 어쩌면 세월의 녹처럼 다 씻을 수 없는 뭔가가 중간에 껴 있는 느낌이었으니까. 데레니아는 지금 이 순간까지도 그 이유를 몰랐지만, 메를리니는 너무도 현실적으로 알고 있었으니까. 그러면서도 차마 말할 수는 없었다. 아니, 말할 필요도 없었다.

"여제에 오른 뒤로는 더욱이 말하기 힘들었던 단어가 있었죠. 아마 그때 처음 읊었을 때도 마지막으로 읊는 거라고 했었으니까요. 어머님."

"……."

시작은 비극이라는 말로도 표현 못 할 만큼 처참했던 두 사람이었다. 그 간극으로 인해 돌아오기도 많이 돌아왔다. 결국 수십 년이 지나 마지막을 고해야 할 때야 비로소 그 한마디를 읊을 수 있었다.

두 사람은 조용히 서로를 바라봤다. 목이 텁텁하고 메었다. 눈시울이 뜨거워졌다. 창문으로 들어오는 잔잔한 바람이 눈가를 만지작거리니 서로가 애잔하게 어른거렸다. 가슴에는 마치 장마처럼 비가 내렸다.

메를리니는 부드러운 손길로 데레니아의 손을 맞잡았다. 따뜻했다. 이 편안한 손길을 두 사람은 수십 년 동안 나누지 않았다. 돌고 돌아온 기나긴 인연의 종지부가 끝나는 자리는 고요한 것처럼 평화로웠다.

별이 떨어졌다.

　　　　　　*　　　*　　　*

　여름에도 춥고, 겨울에는 더 추운 곳. 아니, 그냥 언제 어느 때라도 추워서 겨울옷을 두텁게 입고 다녀야 하는 곳. 이 장소를 다시 내디디는 것도 참으로 오랜만이었다.

　처음 이곳에 들어섰을 때가 떠올랐다. 눈길에 미끄러지고 협곡 사이를 거닐질 않나. 눈사태에 깔리고도 기적적으로 살아남았던가. 1분 1초를 다툰답시고 서둘러 움직였고 마음은 그보다 더 초조했던, 돌이켜 보면 그립기도 한 시절이었다.

　그때도 이 광활한 설산을 걷는 게 그리도 힘들었는데. 지금은 나이가 들어서 더 숨이 찼다. 뽀드득거리는 눈길을 천천히 거닐었다. 마른 나뭇가지 하나를 툭 꺾어서 이리저리 휘저어봤다. 차가운 공기가 손에 닿아 분홍빛을 띠었다. 손이 시려도 멈추지 않았다. 그저 아무 생각 없이 차가운 바람을 맞았다.

　뒤따르고 있던 궁인들과 병사들도 별다른 조치는 하지 않았다. 심지어 메를리니의 바로 뒤로 따라붙고 있었던 유지니도 그러려니 바라봤다. 세월이 감정을 무디게 만들었다. 유지니도 이제는 옛날의 그 어린 소녀가 아니었다. 그녀가 나이 든 만큼 메를리니와 지낸 시간도 길고 깊었다.

메를리니가 슥 뒤를 돌아보며 말했다.

"유지니, 네가 몸살감기에 걸려서 고생했던 게 생각나는구나."

"네. 그때는 폐하의 은정으로 겨우 살아날 수 있었답니다."

"은정이라. 그냥 그때는 그랬지."

원망도 미움도 잊히지는 세월의 흐름. 모든 게 무덤덤하고 참 그냥 그리운 시절이었다. 어느덧 손자를 볼 나이가 되고 보니, 젊은 날 누렸던 패기도 참으로 덧없었다. 삶이 목적이었던 시어머니를 떠나보내고 나니, 진짜 아무런 의미도 느껴지지 않았다.

"슬슬 도착이구나. 유지니 빼고는 모두 처음 보는 거려나. 아무쪼록 놀라지 말기를."

뒤따르던 이들은 침을 꿀꺽 삼켰다. 말로만 전해 들었던 은랑 레비나스를 본다는 것에 다들 긴장됐다. 정말 듣던 대로 바위만 한 덩치일까. 털은 은처럼 빛나고 있을까. 호기심 반, 불안 반이었다. 이윽고 레비나스의 굴 바로 앞에 다다르니 다행히 호기심 선에서 해결됐다.

메를리니가 언제나 말했던 대로 거대한 덩치의 흰 털을

가진 늑대였다. 그저 덩치가 어지간한 바위보다도 커다랗다는 게 놀라웠다. 커다란 굴이 좁아 보일 정도였다. 레비나스 옆으로는 반가운 얼굴도 함께였다. 르나이아가가 손을 흔들며 반갑게 맞아주었다.

쿵. 쿵—

레비나스가 걸음을 내디딜 때마다 지면이 흔들거렸다. 궁인들은 메를리니 뒤로 숨다시피 했다.

"이번에는 바리바리 많이도 끌고 왔구나."

메를리니는 눈높이가 맞지 않아 슥 올려다봤다. 레비나스의 턱 부분이 보였다.

"네. 어쩌다 보니 그렇게 됐네요. 잘 지내셨나요?"

"잘 지냈지. 수십 년 만에 찾아온 손님에게 뭔가 대접할 게 없으니 그게 미안할 따름이구나."

레비나스는 나른한 얼굴이었다. 귀찮은 것도 아니요, 즐거운 것도 아니었다. 그에게 있어 1년 만의 만남이든, 100년 만의 만남이든 크게 의미가 없었다. 이내 강아지처럼 털썩 앉았다. 덕분에 메를리니도 레비나스와 시선을 맞출 수 있었다.

"레비나스 님께서는 여전하셔서 다행이네요."

"여전하다라. 좋으면서도 나쁜 것이지. 늘 같아야 하니까 말이지. 반면에 탄생의 여신과 죽음의 신의 가호를 받는다 한들 너도 인간으로서의 숙명을 이길 순 없나 보구나."

"그러네요."

둘은 의미 없는 미소를 주고받았다. 이윽고 메를리니가 유지니에게 챙겨왔던 물건을 가져와 달라고 부탁했다. 짐 보따리에서 꺼내온 건 은잔이었다. 유리 그림자 산맥을 떠나기 전, 레비나스가 메를리니에게 맡겼던 물건이었다.

"은잔이 무엇을 뜻하는지 깨달았어요."

"오호. 그래, 그게 무엇이었나?"

메를리니는 유지니가 챙겨온 와인병을 따서 은잔에 보랏빛 와인을 가득 채웠다. 그러더니 나긋한 미소를 지으며 부드럽게 음미했다.

"이렇게 와인 잔으로 사용하는 잔이었죠."

진심이었다.

레비나스는 고개를 갸웃하더니 입이 찢어져라 웃어재꼈다. 은잔을 이런 식으로 해석하려 하다니. 한참을 웃다가 겨우 진정시켰다.

"조율의 여신 에르데므 님의 가호가 담긴 잔을 그리 사용할 줄이야. 정말 재미있는 평가로구나. 그래, 한편으로는 차라리 무거운 의미를 일일이 붙이는 것보다 그런 편이 나을지도."

"네. 맹약의 탑은 저 자신을 뜻하고, 나락으로 떨어진 빛의 조각은 제가 지금껏 살면서 지나왔던 수많은 길들이겠죠. 인생이라는 이름의 길이요."

"……."

레비나스는 잠시 말문을 닫았다. 메를리니의 해석을 듣고 있노라면, 궤변 같다가도 틀린 말만은 아니었다. 지극히 자신의 입장에서 해석한 결론이었다.

붉은 여제가 되기 위해 밟았던 과정과, 그 자리에 오르고도 수십 년 거쳐 온 과정. 르나이아가로부터 수시로 전해 들었을 때, 어쩌면 은잔이고 맹약의 탑이고 다 그런 의미가 아니었을까 싶기도 했다.

"붉은 여제여, 자신의 삶에 큰 의미를 두고 싶나?"

"네. 이제 저는 저 하나의 생명이 아니니까요. 생각해 보면, 레비나스 님을 처음 만났을 때의 저는 정말 아무것도 없었네요. 맨손으로 뭔가를 해야 하는 시절이었죠. 아, 참. 레비나스 님, 괜찮으시다면 이 검을 받아주세요."

"이건…… 용사의 검인가. 그래, 이 녀석도 주인을 잃어버렸겠구나. 그렇다면 응당 원래의 주인인 도마뱀 녀석에게 가져다주지, 왜 내게?"

"이 검이 다시는 누구를 해치는 일이 없었으면 좋겠습니다."

메를리니는 남편이 마지막으로 썼던 무구가 다른 누군가의 손에 들어가 또 피를 묻히지 않기를 바랐다. 검은 도마뱀에게 돌려줘 봤자 또 다른 누군가에게 넘어갈 가능성이 높았다. 하나 레비나스라면 믿어도 되리라 판단했다.

잠시 고민해 보고 결론을 내렸다. 레비나스는 용사의 검을 입에 물고서 굴 안을 들어갔다. 잠시 후, 굴 안에서 강렬한 빛이 일었다. 다시 나왔을 때 용사의 검을 물고 있진 않았다.

"굴 안에 특별한 방법으로 봉인해 놓았다. 내가 죽지 않는 한, 누군가가 용사의 검을 쟁취하는 일은 없을 것이다."

"감사합니다."

메를리니는 눈길에 무릎을 꿇고 진심으로 감사를 표했다. 이로써 남편의 마지막 고통도 편안하게 천국으로 보내 주었다. 그래서일까. 돌아가는 길도 무척이나 가벼웠다. 마음의 짐을 한 움큼 내려놓은 기분이었다.

"붉은 왕태자비가 붉은 여제로. 참, 세상은 모를 일뿐이로군."

나지막이 중얼거려본 레비나스는 턱을 눈 바닥에 댄 채로 살며시 눈을 감았다. 졸려서 한숨 잘 생각이었다. 새까만 시야가 살짝 밝아지면서, 메를리니의 모습이 뇌리를 스쳐 갔다. 천천히 거닐고 있는 메를리니의 형상은 어느 순간 검은 머리의 여인으로 내비쳤다. 문득 피식, 하고 웃음이 나왔다.

＊　　　＊　　　＊

메를리니의 최대 장점은 역시 뭐니 뭐니 해도 온정과 친절에 기인해 있었다. 그해, 남부에서 신세 졌던 타니레치 폰 하이디아 후작이 긴 노령에 종지부를 찍듯 숨을 거뒀다.

더없이 친하게 지냈던 친우라고 부를 만한 여인인 몰리 폰 하이디아를 직접 찾아가 조문을 할 생각이었다. 타니레치 후작의 장례식장에도 당연히 방문했다. 여제가 온다는 소식에도 불구하고 후작령은 난리 통보다는 슬픔에 잠긴 장마 같았다.

그만큼 타니레치 후작의 죽음은 슬픈 일이었다.

하늘도 우는 것인지 후작이 무덤으로 들어가는 동안에도 비가 주륵주륵 내렸다. 하나둘 조문을 마친 귀족들이 떠나고, 무덤 앞에는 몰리만이 남았다. 그녀는 무릎 꿇고 하염없이 울먹이고 있었다.

뒤늦게 도착한 메를리니는 가장 힘든 시기에 함께해 주

지 못해 미안한 마음이 컸다. 몰리는 얼마나 울었는지 얼굴이 퉁퉁 부어 있었다. 그녀에게 있어 어릴 적 부모님을 여의고 궁녀로서 살면서 결혼도 하지 않았으니, 사실상 친족은 할아버지뿐이었으니 당연한 슬픔이었으리라.

"폐하……."

"늦어서 미안하구나."

메를리니는 부드러운 손길로 몰리의 어깨를 다독여 주었다.

"몰리, 더 이상 스스로를 괴롭히지 말려무나. 손녀를 혼자 두고 가야 한다는 슬픔에 잠겨 있을 타니레치 후작을 위해서라도 네가 좋은 모습을 보여야지 않겠어."

"흐흐흑……."

몰리는 메를리니의 품에 안겨 눈물을 쏟아 냈다. 메를리니도 소리 없이 눈물을 삼켰다. 한 명씩 소중한 사람들을 떠나보내는 게, 그녀도 너무 괴롭고 슬펐다.

타니레치 폰 하이디아 후작의 죽음을 기점으로, 순차적으로 많은 이들이 유명을 달리했다. 가장 큰 이슈는 다이헤르 제국의 정복황제를 꿈꿨던 페르만 폰 이틀로이하 황제의 서거였다. 그의 죽음으로 사실상 아르펜 태제가 이끄는 남부세력이 제국을 차지하게 되었다. 그러나 아르펜도 얼마 못 가 지병으로 숨을 거두니, 참 인생이 무의미하다는 걸 깨닫게 했다.

유지니의 양아버지 이슈 크리스단은 메를리니가 부탁했던 미지탐험 임무를 수행하던 중 행방불명이 되었다. 소식을 들은 메를리니는 스스로를 자책하며 비통에 잠겼다. 그 후로도 많은 이들이 차례로 세상을 떠났으니, 전 세계적으로 본의 아니게 세대교체를 이루게 되었다.

세상이 하루가 다르게 변화해가니, 메를리니도 라빈의 교육에 더욱 전념했다. 라빈도 어느덧 성년이 되어 황태자에 올랐다. 어머니의 성질을 많이 본받았는지 그 또한 평생 학문을 갈고닦는 길을 걸었다. 특히 어머니로부터 유창하다는 소리를 듣는 걸 매우 기뻐했고, 또 그래서 더욱 열심히 공부했다.

음악에도 남다른 열정이 있었음을 바로 드러났다. 바이올린과 기타 연주에 특히 일가견이 깊었다. 악곡을 짓는 건 물론이요, 연주하고 그에 맞추어 춤까지 즐겨 췄다. 그런 아들의 뛰어난 재량을 보며 메를리니는 더없이 기뻤다.

라빈에게 있어 어머니는 이 세상 누구보다 고결하고 멋진 여성이었다. 황태자가 된 라빈은 여성에 대한 감정이 한창 샘솟을 시기에도 제 또래의 여성과 어머니를 늘 비교해 보곤 했다.

그랬던 라빈도 장가갈 운명은 지나치지 않았다. 어느덧 사랑하는 짝을 만나 결혼식을 치렀다. 이제 라빈의 유년시절을 기억하는 이들도 몇몇 남지 않았을 만큼 세월이 흘렀다는 반증이었다. 메를리니는 아들의 결혼식에 참석하는 내내 눈물을 흘렸다. 괜스레 옛 기억이 떠올라 배를 어루만졌다.

앞으로 얼마를 살아갈지 몰라도, 남은 생 동안 그저 행복한 삶이 계속되기를 그렇게 기원했다. 매 주말마다 신전을 찾아가 루티아르의 안녕을 위해 기도도 드렸다.

"할머니, 할머니."

"어이쿠. 우리 손주."

귀여운 아이. 자기 아들의 아이. 배시시 웃는 게 어찌 그리 예쁜지. 손자 아이가 먹는 걸 보기만 해도 배가 불렀다.

"행복하구나."

손자의 볼을 살며시 쓰다듬어주었다. 부드럽고 따뜻했다. 살포시 손자를 안아주었다. 아이의 고동 소리가 느껴졌다. 그 작은 팔로 할머니를 안아주겠다고 마주 안은 촉감이 느껴졌다. 메를리니는 자기도 모르게 눈물이 핑 돌았다. 손자를 꼬옥 안아주면서 기쁘고 행복했다. 아아. 매일이 이러기만 해 준다면 얼마나 좋을까. 그러면 더 바랄 게 없다고 생각했을 때, 불현듯 가슴이 욱신거렸다.

궁녀에게 손자를 맡기고 얼마 지나지 않아 땅바닥에 주저앉았다. 가녀린 손길로 여신의 종을 만지작거렸다. 한차례 환하게 빛나는가 싶더니, 여신의 종은 마치 녹슬어버린 것처럼 색이 바래버렸다. 다시 가슴이 욱신거렸다. 신음을 토해내며 철퍼덕 쓰러졌다.

*     *     *

여제가 몸져누웠다는 소식은 일파만파로 퍼졌다. 여제를 걱정하는 마음에 농사일을 접어 두고 레필타로 상경한 농민들이 넘쳐났다. 일을 내팽개치고 찾아온 백성들을 돌려보내는 것도 일이었다. 때아닌 번잡함에 레필타 수비대는 골치가 아팠다.

매일같이 아침부터 대낮 동안 황성 앞으로 모여든 백성들의 슬픈 목소리가 메아리쳤다. 저녁 무렵이 되어서야 조용해지곤 했다.

백성들의 목소리가 안 들리는 시간이 되니 괜스레 기운이 쇠해지는 기분이었다. 메를리니는 대신관을 불러 침대 곁에서 기도를 해 달라고 부탁했다.

엄숙하고도 고귀한 자리였다. 특히 바로 옆에서 메를리니의 수발을 들고 있었던 유지니는 여제께서 대신관을 부른 이유를 짐작하고는 감정이 북받쳐 눈물을 흘렸다.

메를리니는 한 손은 이불 속에 넣은 채 다른 손은 밖에 내놓고 대신관을 맞이했다.

대신관은 침대 옆에 무릎 꿇고 앉아 먼저 메를리니의 신앙을 확인하기 위해 몇 가지 질문을 읊었다. 낮의 주신 르베이안과 밤의 주신 헤르안나를 기리는 서약을 마치고, 이어 탄생의 여신과 죽음의 신에 대한 기도문도 나열됐다. 모든 신들을 대변하듯 대신관의 기도문의 기본 구절을 마무리했다.

"언제 들어도 후련하군요."

"그러시다니 다행입니다."

메를리니는 한 시대를 풍미한 위대한 여제로 떠받들어져도 손색이 없었지만, 이제 곧 신의 곁으로 돌아갈 것이었다. 이어 대신관이 진실로 기도를 이어 나갔다. 그를 따라왔던 신관들도 그와 함께 경건한 자세로 기도했다.

대신관은 침대 곁에 무릎을 꿇고 앉은 채 다리가 저릴 때까지 메를리니의 손을 부여잡고 위안의 말을 읊조렸다. 그가 일어나려 하자 메를리니는 다시 무릎을 꿇고 계속 기도를 해 달라고 부탁했다.

한참이 지난 다음. 대신관이 조심스레 자리에서 일어났다. 그는 정중히 고개를 조아리며 말했다.

"여제 폐하께, 두 주신과 열두 성신의 가호가 함께하시기를."

대신관이 떠난 뒤로도 메를리니의 병환은 나을 기미를 보이지 않았다. 더 심해지지는 않았지만 그래도 나을 거란 기대도 생기지 않았다. 하루, 하루 숨이 막힐 고통으로 정신이 없었다. 그녀가 병석에 몸져누운 시간이 길어질수록 국민들의 걱정도 깊어갔다.

그러던 어느 날, 신기하게도 머리가 하나도 안 아프고, 가슴도 욱신거리지 않았다. 병환이 하루아침에 나을 리 만무했으니 나은 건 아니겠지만. 그래도 병문안 오겠다는 사람들을 맞이할 순 있을 것 같았다. 병실을 개방하자, 잇따라 기다리고 있었던 이들이 병문안을 왔다.

첫 번째로 찾아온 인물은 놀랍게도 외눈의 여기사 향설이었다. 세월 앞에선 향설도 잔주름으로 얼굴이 가득했다. 다부졌던 몸도 예전 같지 않았다. 그녀는 정중히 무릎을 꿇고 메를리니를 마주했다.

"여제 폐하, 몸은 좀 어떠신지요."

"괜찮아요. 그건 그렇고 향설이 첫 번째 손님이로군요.

축하드려요."

"예. 이 영광스러운 기회에 기쁘기 그지없습니다."

"병문안의 순서에 무어 의미가 있을까요. 그래, 요즘은 어
떻게 지내고 있나요? 여섯 기사분들의 동향도 궁금하군요."

"왕비의 여섯 기사로 결성됐던 모임이었지요. 몇몇은 노
환을 이기지 못하고 먼저 세상을 떠났고, 무엇보다 남은 이
들도 모셔야 할 분께서 돌아가셨으니 이제는, 뭐 그냥 일개
기사라고 해야겠군요."

"일개 기사라. 루티아르 최고의 무인이라고 해도 과언이
아닐 여인이 말인가요. 후우. 제 기사로 삼기에는 지금 내 몰
골이 영 아니고. 차기 황제, 아니지. 황후의 기사가 돼보지
않겠어요? 당신이라면 믿고 맡길 수 있는 자리입니다만."

"그러기엔 저도 나이가 나이인지라. 결성까지만 해 놓고
후학에게 맡기렵니다. 그 정도는 괜찮겠지요?"

"라빈이 든든하겠는걸요."

"과찬이십니다."

이후로 향설은 메를리니와 이런저런 대화를 더 나눴다.
메를리니가 콜록콜록, 헛기침을 하자 급히 어의를 불러 주
었다. 기다리고 있는 사람들도 많아서 더는 대화를 나누기
힘들 것 같아, 그만 이별을 고했다.

메를리니는 슬그머니 향설의 쓸쓸한 뒷모습을 지켜봤다.
한 대륙 출신이라는 점에서나 여러모로 유지니를 닮은 여
인이었더랬다. 아마 데레니아는 메를리니가 유지니를 바라
보듯 향설을 바라봤을 것이다.

향설이 떠나고 얼마 지나지 않아 베노 르 포르테 소공작
이 찾아왔다. 레이드의 외사촌 형이었으니 메를리니와도
친인척이었다. 베노의 아버지 로우를 대신해 방문한 참이
었다. 로우도 메를리니와 마찬가지로 노환으로 고생 중이
었다. 베노는 심심찮은 위로의 말을 전하고 떠났다.

순서대로 한 명씩 계속 마주하는 것도 지금의 메를리니
에게는 다소 곤욕이었다. 그래도 반가운 얼굴들을 보노라
면 입가에 절로 미소가 지어졌다. 몇몇 신하들의 병문안을
거치고, 이번에는 콩이 꽃을 한가득 가져왔다. 온통 새빨간
빛깔의 장미꽃이었다.

"안녕하신가요. 붉은 여제 폐하."

"우리 사이에 그런 무거운 호칭은 너무한걸."

"아직은 뭐라고 불러야 할지 모르겠어서요."

"수십 년이 지나도 여전한 모습이라 다행이네. 편하게
메를리니라고 불러도 되는데. 누가 뭐래도 내 생명의 은인
이었잖아."

"그런 세상이라면 좋겠네요. 참 유쾌하겠어요. 사람 구해 주고 말 놓는 사회라니. 내심 다음 생애에는 그런 세상에서 태어나고 싶은걸요."

"아하하. 정말 엉뚱한 구석이 있다니깐. 뭐 그런 괴짜라 도움도 많이 받았더랬지. 나뿐만 아니라 루티아르의 큰 은인이야."

콩은 쑥스럽다는 듯 배시시 웃었다.

"아 참. 혹시 르나이아가 그 양반은 왔다 갔나요?"

"아니, 아직. 아무래도 임무도 있고 바쁘겠지."

"그렇군요."

콩은 진실로 기뻐했다. 르나이아가를 이겼다는 만족감에 온몸이 찌릿찌릿했다.

메를리니가 빙긋 웃었다.

"두 사람의 그런 경쟁도 서로 즐기는 느낌인걸."

"아뇨. 경쟁을 즐기진 않아요. 이기는 걸 즐기는 거죠. 아암, 그렇고말고요."

"그래. 모름지기 이기는 게 더 좋은 법이지. 힘내. 응원해 줄게."

"네. 그럼 기다리는 분들이 많으니 저도 이만 물러가 보겠습니다. 아무쪼록 몸조리 잘하세요."

콩은 문을 나서려다가 낯익은 기운이 느껴져 창문을 열고 빠져나갔다. 메를리니는 고개를 갸웃하다가 뒤이어 들어온 손님을 보고 키득, 웃었다. 다음번 병문안은 르나이아가였다.

르나이아가가 땀으로 흥건한 몸을 이끌고 찾아왔다. 원래 앞에 순번이 더 있었지만, 급하게 보고해야 할 게 있다며 순서를 바꾼 터였다.

"헥헥헥……."

"그러다 숨넘어가시겠다."

"후우, 후우…… 여어, 괜찮아? 몸은 좀 어때?"

"그냥 그래."

"아파 죽을 것 같다고 소문이 자자하더만. 이런 순간에도 천하태평이시구만. 괜히 땀나게 달려왔어."

르나이아가는 가볍게 숨을 골랐다.

메를리니는 별안간에 콩이 생각났다. 르나이아가의 반응이 궁금했다.

"그러게. 너도 그렇고 콩도 그렇고. 남정네들의 사랑을 듬뿍 받아서 기쁜걸."

"하여간 당장 죽어도 말은 잘하셔. 그나저나 콩 그 녀석도 왔었어?"

"응. 너보다 일찍 왔다 갔다며 자랑스러워하더라."

르나이아가는 기가 찬다는 표정이었다.

"나 참. 그 녀석도 이제는 꼬마소리 들을 나이도 아닌 녀석이 별것도 아닌 거에 경쟁심만 불타오르는구만. 어차피 내가 이길 텐데 말이야. 헛고생이지, 아암, 헛고생이고말고."

"그러게. 콩도 참 바보 같아."

나지막이 맞장구를 쳐주었다. 메를리니의 눈에는 이놈이나 그놈이나 똑같아 보였다. 오히려 나잇값 못한다는 점에선 르나이아가가 더하면 더했지 못하진 않았다.

르나이아가는 숨을 한 번 몰아쉬고는 의자에 걸터앉았다.

"아, 그리고 보니 마리오가 급한 용무 때문에 뵙지 못해서 죄송하다며 서신을 대신 전해 달라고 하더군. 여기."

그랑디아 상단을 상징하는 인장은 참으로 오랜만에 보는 것이었다. 여제에 오른 뒤로는 모든 분야를 세세하게 관리할 수 없었기에, 자연스레 그랑디아와의 교류도 담당자에게 맡겨야 했었다. 메를리니는 편지를 천천히 뜯어서 내용물을 살펴봤다. 금빛으로 물든 종이에 정성스러운 글씨가 수놓아져 있었다.

**[친애하는 여제 폐하, 직접 찾아뵙지 못하여 죄송스럽기**

그지없습니다. 저뿐만 아니라, 그랑디아 상단의 모두와, 동
해를 주름잡고 있는 아요로트 해적단, 그리고 머시안족도
여제 폐하께서 예전처럼 건강하시기를 진심으로 기원 드
리고 있습니다. 폐하께서 마련해 주신 축복의 길이 끊기는
일이 없도록 저희도 불철주야로 노력하겠습니다.

　　　　　　　　　-그랑디아 상단주 마리오 카펠타인-]


　메를리니는 편지를 고이 접어서 침대 옆 서랍에 넣어 두
었다.

　"마리오 상단주에게는 고맙다고 전해 줘."

　"걱정 마. 붉은 여제께서 아주 튼튼하다고 전해 줄 테니
까. 자, 그럼 새치기꾼은 이만 가 볼게. 엉뚱한 짓 하지 말
고 건강만 생각해!"

　"응. 그래."

　르나이아가는 가벼운 걸음으로 방을 나섰다. 다시 얼마
나 시간이 흘렀을까. 귀족들을 차례대로 맞이하고, 유지니
가 가져온 물 잔을 들이켰을 즈음.

　데미안이 똑똑, 노크를 하고 들어왔다. 남의 인생사를 논
하는 이야기꾼으로서 살았기 때문일까. 그는 메를리니의
몰골을 보자마자 눈물을 질금거렸다. 사람의 끝을, 그것도

진정한 여인의 끝을 마주한 기분이었다.

"여제 폐하, 아니, 메를리니 님, 참으로 기나긴 시간이었습니다. 처음 저를 찾아와 소문을 퍼트려달라고 하셨던 게 엊그제 같은데, 어느덧 세월의 흐름이 이만큼이나 지나버렸군요."

"데미안 피르체 공의 도움이 없었다면 이 자리에 오르지도 못했을 거예요. 못난 저를 오랫동안 받쳐준 당신께 진심으로 감사하는 바예요."

돌이켜 보면 메를리니가 회귀하고 맺었던 숭고한 인연 중 가장 먼저 손을 잡은 건 바로 이 사내였다. 왕태자비도 뭣도 아닌, 그저 남작가의 영애로서 만난 첫 번째 동지. 다이헤르와의 마찰 속에서도 가장 큰 도움을 주었던 인물. 아마 이 남자가 없었다면 지금의 메를리니는 존재치 못했으리라.

그 후로도 가만히 누워서 사람을 만나는 것도 일은 일이었다. 그래도 왜인지 오늘이 아니면, 다시는 보지 못할 것 같아서, 그래서 메를리니도 꾸역꾸역 사람들을 맞이했다.

슬슬 해가 질 무렵이 되자, 오늘의 마지막 손님이 방문했다. 몰리였다.

궁녀장을 유지니에게 물려주고 고향으로 돌아갔던 몰리는 타니레치 후작의 뒤를 이어서 이제는 하이디아 후작이라고 불렸다. 작위 승계식에 참석하지 못하고 편지로만 축하를 해 줬던 일이 떠올라 메를리니는 미안한 감정이 남아 있었다.

"리케드나 궁녀장의 자리를 이어서 줄곧 내 곁을 지켜 줘서 고마워. 몰리. 아니, 이제는 하이디아 후작이라고 불러야 하려나."

"감개무량한 말씀이세요. 그냥 편할 대로 부르셔도 됩니다."

"응. 우리는 편한 사이였지. 너와는 알게 모르게 큰 인연의 실이 엮여 있었어."

회귀 전 두 번째 왕태자비가 되었던 몰리 폰 하이디아. 그 인연의 실만으로도 충분히 얽히고설킨 관계는 맞았다. 물론 메를리니는 몰리를 나무라지도 미워하지도 않았다.

에리 황녀가 자신의 의사와 상관없이 왕비가 되었던 것처럼. 몰리도 원하지 않는 길을 걸었던 거였다. 더욱이 그 일은 우습게도 그건 회귀 전 이야기였다.

오히려 회귀한 뒤로는 몰리만큼 메를리니를 충실히 모시고 따라준 궁녀도 없었다. 앞으로도 후작으로서 남부를 잘 부탁한다는 말을 전하고 돌려보냈다. 문을 나서던 몰리가 울먹이는 소리가 들렸다. 메를리니도 애잔한 마음에 가슴이 미어졌다.

창가로 비치는 노을을 바라보는 것도 앞으로 얼마나 더
할 수 있을는지. 아직 남겨둔 게 너무나 많은데. 하고 싶은
것도 많은데. 이대로 세상과 작별하기에는 미련이 많이도
남아 있었다.

"유지니."

"네. 폐하."

"김칫국이 먹고 싶구나."

"네? 김칫국이요?"

"그래, 네가 만들어 주는 걸 먹어보고 싶어."

유지니의 표정이 기묘해졌다가 곧 가벼워졌다. 평소 그
녀는 요리를 담당하는 위치가 아니었기에 사실 요리는 잘
하지 못했다. 그렇지만 단 하나, 자신 있는 요리가 있었으
니 김칫국이었다. 휴대용 도구들을 가져와 김칫국을 정성
스럽게 준비했다. 보글보글 끓는 냄비에서 코를 자극하는
김치향이 흘러나왔다.

"다 됐습니다."

냄비뚜껑을 열자 김이 확 올랐다. 메를리니는 이 음식을
두 번째로 먹어보는 것이었다. 오래전, 아주 오래전에 한
번 먹어보고 그 이후로 먹을 기회가 없었다. 아니, 어쩌면
세월의 녹에 묻혀 들어가듯 잊고 있었는지도…….

"에에. 맹물인걸? 예전에는 이런 맛이 아니었는데."

"네. 건강도 안 좋으시고 해서 특별히 순하게 준비해봤습니다."

"나이가 들어도 넌 여전하구나, 정말."

"마마도…… 아니, 폐하께서도 아직 건재하세요. 그러니 마음 약해지시면 안 돼요. 싱겁다고 하셨으니 간도 더 맞춰보겠습니다. 잠시만 기다려 주세요."

유지니는 얼른 고춧가루와 소금을 가져와 간을 맞췄다. 다소 투명했던 김칫국물이 이제 좀 붉게 피어올랐다. 채소도 더 썰어서 데코레이션을 하듯 꾸몄다. 그녀의 열심인 모습을 지켜보며 메를리니가 나지막이 읊조렸다.

"돌이켜 보면 나는 인생에서 참으로 많은 사람들을 만났던 것 같구나. 그이를 만나고, 참 무서웠던 시어머니에. 너를 만나고, 데미안, 그룬디에 자작, 리케드나, 몰리, 향설, 차코, 이르에…… 르나이아가도 만났지. 에티로카에서도 마리오나 아르펜을 비롯해 참 많은 인연을 만났어. 적으로는 바람의 재상도 그랬고, 비운의 죽음을 맞이한 에리 황녀…… 그렇게 만났던 사람들이 지금은 대부분 천국으로 떠나버렸구나."

"폐하, 갑자기 왜 그런 말씀을……."

"후우. 유지니, 슬슬 다 끓은 거 같은데 먹을까?"

"아차차. 네. 여기. 뜨거우니까 조심히 드세요."

침대 옆 테이블에 김칫국 냄비가 올려졌다. 뚜껑을 열어 보이자 아까와는 다른 모양새의 김칫국이 모습을 선보였다. 냄새와 생김새만 봐도 식욕이 돋았다.

"유지니, 그거 기억해?"

"네? 무슨?"

"김칫국 말이야. 갑자기 먹고 싶어진 게 아니야. 혹시 그때 기억하니? 대지의 정령 마르고를 기리는 축제에 함께했던 일."

"네. 물론 기억하죠."

어찌 그때의 일을 잊을 수 있단 말인가. 메를리니의 은덕으로 난생처음 드레스란 걸 입어보고 소녀처럼 돌아다녔던 그때의 기억을. 달빛 아래에서 비파를 연주했던 홍화란의 모습을. 유지니는 아련한 추억에 잠기듯 그날의 기억을 떠올려다봤다.

메를리니가 조심스레 한 숟가락을 떴다.

"그날 축제에서 내가 말했었잖아. '언제 또 함께 먹자고.' 말이야."

"……"

유지니는 감정이 북받쳤다. 당장이라도 눈물이 날 것 같았다. 김칫국 끓이기를 계속 연습해 왔던 것도 그래서였거늘. 언제고 메를리니가 김칫국을 함께 먹자고 해 줄 때를 위해서. 감사하게도 이분께서도 그날의 일을 잊지 않고 기억해 주고 있었다.

"에이. 아직 싱거운걸. 고추나 소금을 덜 넣은 것 같아."

유지니는 헐레벌떡 김칫국을 한 모금 음미해 봤다가 짜서 눈살을 찌푸렸다.

"네? 짠데……."

말문이 딱 멎었다.

화악 현실이 느껴지면서 가슴이 미어졌다. 유지니는 메를리니의 품에 얼굴을 파묻고 울음을 터트렸다. 메를리니는 가만히 미소 짓고 있었다. 참으로 온화한 미소였다. 노을의 황혼을 그리듯 따뜻한 미소였다. 낙엽 떨어지는 8월의 노을과 함께 저물어갔다. 나긋한 얼굴로 그저 잠결에 든 것처럼.

〈붉은 여제 완결〉